今野 敏

排除 潜入捜査

〈新装版〉

実業之日本社

実業之日本社文庫

目次

『佐伯流活法』——

古代有力軍事氏族の佐伯連《さえきのむらじ》一族に伝わる古武道で、大化改新以降、その代々の継承者は、歴史の陰で暗殺者としての任務についてきた。

1

大粒の雨が突然降り出し、乾いていた地面を叩き始めた。

白かった地面はたちまち黒っぽく色を変えた。

車から降りたばかりの、大柄な男は舌打ちをした。熱帯の海洋性気候独特のスコールで、晴れていたと思ったら、にわかに降り出したのだ。

大柄でたくましい男は日本人だった。彼はサングラスをかけ、派手な柄の開襟《かいきん》シャツを着ていた。

その首に太い金のネックレスが下がっているのが見えた。右手首にも同様のブレスレットをしている。

彼の行く手に、小さな村があり、その入口に人が集まっていた。

そこは、マレーシア中部のペラ州にある村だった。

集まっているのは、その村の住民だった。全部で十五人いた。

老人や子供を抱いた女も混じっている。彼らの眼は敵意に満ちていた。

たくましい日本人は、明らかにヤクザだった。そのヤクザはうしろに三人の男を従えている。

ひとりはマレーシア人だが、裕福そうな男だった。

あとのふたりは日本人で、片方は、ヤクザの若い衆であることがすぐにわかる。

もう片方の男はビジネスマン風だった。わずかに白髪の混じった髪をオールバックにしている。

その髪が雨のせいでたちまち乱れ始めていた。

たくましいヤクザは、雨に濡れるのもかまわず車のそばに立っていたが、やがて、ゆっくりと村人たちのほうに歩き出した。

三人の男がそのあとに続いた。

彼らが近づいていくと、村人のなかのひとりが何ごとか大声で叫んだ。

それをきっかけに、村人たちが口々に同様の言葉を叫び始めた。

ヤクザは立ち止まった。彼はビジネスマン風の日本人に尋ねた。

「やつら、何を言ってやがるんだ?」

雨が地面や家々の屋根、熱帯樹の葉などを激しく叩くので、その音がすさまじく、ビジネスマン風の男は、ヤクザの質問を聞き逃さぬように気をつけねばならなかった。

彼は雨音に負けぬように大声でこたえた。

「日本人は帰れ。人殺しは帰れと言っています」

「ガキが白血病で死んだってのは、この村か？」

「そうです」

「それで、そのガキが白血病になったのは、日本の資本による会社のせいだとやつらは言ってるわけだな？」

「この丘の上に、鉱山がありましてね、そこに蓄えてある放射性物質のせいで、村の子供が次々と白血病になったというんですよ」

ヤクザのうしろにいた、いかにも金持ちそうなマレーシア人が何ごとか言い返した。

村人は、それを聞くと、いっそう激しくわめき立て始めた。

ヤクザ側のマレーシア人がまた何かを言う。村人との激しいやりとりが始まった。

ヤクザがまたビジネスマン風の男に尋ねた。

「何を言い合ってるんだ？」

「アバス所長はこう言っています。われわれはマレーシア政府原子力許可局の指示に従って、鉱山に放射性物質を備蓄しているのだ。採掘所内の放射能レベルも国の基準値を超えていない、と」

ビジネスマン風の男は、雨に濡れて垂れ下がってくる前髪をかき上げてから言葉を続けた。「それに対して村人は言っています。それなら、どうして急に子供たちが白血病にかかり始めたのだ。国の定めた基準値など意味がない。病気に苦しむ子供たちの現実だけが問題だ、と……」

子供を抱いていた女が、怒りに燃える眼でアバス所長と日本人が呼んだ男に何ごとか激しい口調で言い始めた。

その女は幼い子供を両手で、よく見ろというように掲げた。その子供はやせていてひどく弱っているように見えた。

ヤクザが尋ねる。

「あの女は何を言っている?」

ビジネスマン風の男がこたえた。

「あの子供も白血病だそうです。子供が病気で死んだら、あの鉱山のせいだ、と言ってます」

「ほう……」

ヤクザは歩み出た。威圧的な態度だった。世界中どんな国でも暴力を専門にしている人間の雰囲気は共通している。

村人たちは、体の大きなヤクザを見て警戒心を露《あら》わにした。

若い男が虚勢を張るようにヤクザに対して何ごとかわめいた。ヤクザは表情を変えなかった。

「おい、ドスよこせ」

ヤクザは若い衆に言った。若い衆は熱帯の暑さのなかで、麻のジャケットを着ていた。その懐《ふところ》から白木の鞘《さや》の短刀を取り出す。

ヤクザはその匕首《あいくち》を受け取った。

鞘から刃物を抜き出すと、ヤクザは何のためらいもなく女が抱いている幼子《おさなご》を刺した。

その動作があまりに日常的だったので、周りにいた人間はヤクザが何をやったのか気づかぬくらいだった。

子供を抱いていた女も、何が起こったのか理解しかねて、ただ無言で立っていた。

子供の悲鳴が聞こえ、村人たちはようやくヤクザが何をしたのかを理解した。

ヤクザは、もう一度ドスを子供に突き刺しとどめを刺した。

子供は、二度目に刺されたとき、もう悲鳴を上げなかった。

母親の手が赤く染まっていく。雨に子供の血が混じって流れ落ちた。

彼女は、ヤクザをぼんやり見ていた。やがて手のなかの子供を見る。

ヤクザと子供を交互に見た。そのあと、彼女は、目と口を限界まで開いて、すさまじい悲鳴を上げた。

それから彼女は半狂乱になった。自分の手のなかで子供が殺されてしまったのだ。

女の叫び声は続いた。

村人たちは驚きの表情のまま、なす術《すべ》もなく立ち尽くしている。

「やかましい！」

ヤクザは泣き叫ぶ女を蹴り倒した。女は、子供もろともぬかるんだ地面に倒れた。

彼女は、子供の遺体を抱きしめ、すわりこんだまま号泣し続けた。その背を雨が叩く。

今の出来事に、ヤクザ側の人間たちも驚いていた。

ヤクザは、驚き、恐れている様子の日本人ビジネスマンに言った。

「村のやつに訊いてみろ。あの子は白血病で死んだのか、と……」

ビジネスマンは言われたとおりに、村人に問いかけた。誰も返事をしなかった。

あまりの衝撃に口もきけなくなっているようだった。

ヤクザが言った。

「連中に言ってやれ。その子供の死因は明らかに白血病なんかじゃねえ。事故か何かでけがをして死んだんだ。これ以上採掘の邪魔をすると、その子供のような事故が増えることになる。白血病なんぞにかかるよりずっと寿命が短くなるとな……」

ビジネスマンは必死にその言葉を訳して村人に伝えた。

その言葉を聞き終わったとたんに、老婆がヤクザにつかみかかった。怒りと悲しみが混じった表情でヤクザをののしっている。

雨のせいでよくわからなかったが、その老婆も泣いていた。

ビジネスマンが言った。

「日本人の仕打ちはいつもそうだ。戦争のとき、日本兵もそうだった。おまえたちは鬼だ――そう言ってます」

ヤクザは、うるさそうに老婆を突き飛ばし、右手に持っていた匕首を勢いよく真横に払った。

老婆は立ち尽くした。

次の瞬間、老婆の喉がぱっくりと裂け、血が勢いよく噴き出した。

老婆は二歩三歩と後ずさりしてから倒れた。

今度は村人たちは大声を上げた。倒れた老婆の周りに集まる。もう手のほどこしようがないことはすぐにわかった。

ヤクザは面白くなさそうにその様子を見降ろしていた。

彼はビジネスマン風の男に言った。

「おい、ちゃんと通訳したんだろうな。言ってることがまだよくわかってねえようだぞ」

ビジネスマンは泣き出しそうな情けない顔をしていた。

「いや……。通訳がどうこうという問題じゃなくて……」

ヤクザは、匕首を一振りして血が混じった雨を弾き飛ばし、鞘に納めた。それを若い衆に返した。

若い衆はあわててそれを受け取り、懐にしまった。彼は肝をつぶしていたが、ただ暗い眼をして、表情を殺していた。

ヤクザは、言った。

「俺が来たからには、二度と採掘の邪魔はさせねえ。訴訟も取り下げさせる。こうした問題を始末するのが俺たちの仕事だからな」

彼は歩き出し、車に向かった。

ビジネスマン風の男がアバス所長に今の言葉を通訳した。

だが、アバスは嬉しそうな顔はしなかった。彼はとんでもない人間が乗り出してきたと思っていた。

村人たちの反対運動がおさまり、採掘できるようになればそれに越したことはない。

だがそのために同胞人の村人が殺されることになろうとは思ってもいなかった。

ヤクザは、全身ずぶ濡れのまま車のシートにすわった。若い衆がドアを閉める。

ビジネスマンとアバス所長はあわてて車に戻った。

アバス所長がハンドルを握った。

車が走り去ったあとも、村人たちはその場を動こうとしなかった。

やがてスコールが止んだ。やってきたときのように、唐突に雨雲が去っていった。

熱帯の太陽が顔を出す。

その陽光のなかで村人たちは凍りつくような気分を味わっていた。

大柄の日本人ヤクザの名は、新市章吾《あたらいちしょうご》といった。

広域暴力団坂東《ばんどう》連合系泊屋《とまりや》組の若衆頭《かしら》だった。

彼は、見かけも本質も伝統的ヤクザだった。頭髪は角刈りにしている。陰惨な眼をしており、その眼が物語るとおり、情けのかけらも持ち合わせていないようなタイプだ。

ビジネスマン風の男は、総合商社・株式会社『伊曾商』の社員だった。彼は木材本部という部署に所属しており、本来ならば、熱帯樹の木材の買いつけが主な仕事だった。

一般にはあまり知られていない事実だが、総合商社の『伊曾商』は、実は、坂東連合の宗本家である毛利谷《もりたに》一家の息がかかっていた。

大半の社員はまっとうな社会人だが、経営陣のなかに、いわゆる企業舎弟がいるのだった。

この『伊曾商』の社員は、桜木《さくらぎ》哲治《てつじ》という名で年齢が三十五歳だった。マレーシア支店に単身赴任《ふにん》で勤務し始めて三年になる。

マレーシア支店木材本部の支店本部長という肩書きを持っていた。彼自身は泊屋組とも毛利谷一家とも一切関係ない。

東京にいる上役から、泊屋組の新市の面倒を見るように、と命令されたのだ。

新市が何のためにマレーシアにやってきたのかは、よく心得ていた。彼は、マレーシアの環境保護団体や現地住民と『伊曾商』の関連会社との間にある問題を始末するためにやってきたのだ。

暴力団員なのだから、多少は強引な手段を使うのだろうとは想像していた。しかし、子供と老人を、何のためらいもなく殺してしまったやりかたを見て、予想がはるかに甘かったことを悟った。

今や、桜木哲治は新市章吾を恐れ、嫌悪していた。

しかし、会社の命令とあれば、このヤクザとうまくやっていかなければならないのだった。

アバス所長と呼ばれたマレーシア人は、『伊曾商』が出資した現地法人『マレーシアン・レアメタル』社のモナザイト鉱石採掘所・所長だった。

彼はいち早く西欧の経営学を学んだエリートで、エリート特有の冷酷さを持っていた。

冷酷な人間でなければ金持ちになどなれない。例えば、彼は自分の採掘所と村人の白血病の間に因果関係があることを知っていた。

しかし、彼は会社の利益を優先してきたのだった。

彼は、日本からヤクザがやってくると聞いてもそれほど動揺はしなかった。東南アジアの大都市では、今日びヤクザは珍しくはない。トラブルを解決してくれるのならヤクザだろうが何だろうが歓迎だとまで思っていた。

しかし、彼も、鉱山のある村で新市がやったことを見て、考えを改めた。

新市と桜木そして、泊屋組の若い衆はイポー市に宿を取っていた。宿はアバス所長が手配したもので、イポー市最大のホテル、タンブン・インだった。

新市街地にある、たいへん設備の充実したホテルだ。

部屋に戻ると新市はビールをらっぱ飲みしながらアバス所長に言った。

「これで村のやつらはおとなしくなるだろう。採掘は明日にでも再開できるはずだ」

桜木がそれをすかさず通訳する。

アバス所長は何も言わなかった。

新市はさらに言った。

「あとは村のやつらが警察に訴えたりしたときのことを考えて手を打つんだな。もっとも、俺が言ったことがちゃんとわかっていれば、警察なんかには訴えないはずだがな」

アバス所長は、桜木が伝えた新市の言葉を理解した。地元の警察を抱き込めというのだ。

当然、アバス所長は、村人と揉め事が始まったときからそのことを考え、そして少しずつ実行してきた。

ずいぶんと金が必要だったが、採掘所をつぶされるよりはましだと考えていた。

アバス所長はうなずいた。

「もちろんその点は考えておりますよ」

新市は、鼻で笑った。

「さて、まだまだ片づけなくちゃならねえことがある。さっさと仕事を終えて、のんびりとリゾート気分でも味わいてえな」

ついさきほど人をふたりも殺した男の言葉とはとても思えない――桜木はそう考えていた。

桜木は理解した。

新市のような人間は、普通の人間とは精神構造がまったく違うのだ。

2

佐伯涼《さえきりょう》が、白石景子《しらいしけいこ》とともに、イポー市郊外の村を訪れたとき、村人たちのあまりの激しい反感に驚かされた。

『マレーシアン・レアメタル』社のモナザイト採掘所があるこの村は、悲しみと怒りに包まれるあまり、強く帯電しているような雰囲気だった。

佐伯涼は、村人たちが日本の企業をそれほどまでに憎んでいるのかと思った。

彼はかつて刑事だったので憎まれることや嫌悪されることに慣れている。

総理府・環境庁の外郭団体、『環境犯罪研究所』に出向させられた今も、刑事時代の気分や習慣は抜けなかった。

白石景子は『環境犯罪研究所』の同僚だった。

佐伯は憎しみの眼を向けられることに慣れきっているために、そのことをすぐに諦めてしまう。

理由が何であれ、相手が自分を憎むのはしかたがないことだと受け容《い》れてしまうのだ。

だが、白石景子はそうではなかった。

佐伯涼と白石景子には、さらにふたりの連れがあった。

若いマレーシア人の男女だった。

白石景子は、若いマレーシア人たちに英語で何があったのかを尋ねた。

マレーシアの公用語はマライ語だが、実際には英語、中国語、インド系言語も広く使われている。

大半の村人はおそらく英語を理解するはずだが、白石景子が直接話を聞けるような雰囲気ではなかった。

若いマレーシア人の男女が歩み出て、村の入口に陣取った村人たちに話を聞き始めた。会話はマライ語で進められた。

若いマレーシア人の女性は、レラ・ヤップという名で年齢は二十五歳だった。

男性のほうはニール・アリマナールといい、二十三歳だ。

このふたりは、環境保護のための国際組織『地球の子供』からやってきた。

『地球の子供』マレーシア本部は、ペナンにある。

レラ・ヤップは専従だが、ニール・アリマナールは、学生のボランティアだった。

村人たちは、激しく何かを言い返していた。レラ・ヤップとニール・アリマナールは、いきなり言葉を呑《の》んで、押し黙った。

村人たちは口々に、叩きつけるように何ごとかを訴えた。

「いったい、どうなってるんだ？」

手持ち無沙汰になった佐伯涼が、白石景子に尋ねた。

「わかりません」

彼女は言った。「マライ語は勉強しなかったもので……」

白石景子は英語、スペイン語、フランス語を話す才媛《さいえん》だ。

レラ・ヤップとニール・アリマナールが佐伯涼と白石景子のもとへ戻ってきた。

レラ・ヤップとニール・アリマナールが興奮した様子で交互にしゃべり始めた。

村人たちの怒りが伝染したようだった。

彼らの口調とはまったく対照的に白石景子は無表情だった。

表情にとぼしい女性は一般的にはあまり魅力的ではないが、彼女は例外だった。

顔立ちがたいへんすっきりとしていて美しく、その態度はきわめて有能な秘書のものだった。

物に動じないその態度からは高貴さすら感じられた。

レラ・ヤップとニール・アリマナールの話を聞き終えた白石景子は、その内容を佐伯に伝えた。

「きのう、採掘所の所長といっしょに日本のヤクザが来たそうです。そのヤクザは三歳に満たない子供を刃物で刺し殺し、老婆の喉をかき切って殺したのだそうです。殺された子供の母親はあまりのことに錯乱状態だと言っています」

「くそっ」

佐伯は吐き捨てるように言った。

彼の胸のなかにもどす黒い怒りが湧き上がった。

「もう一足早ければ、殺させはしなかったのだが……」

「所長が睨《にら》んだとおり、泊屋組の新市がやってきたのですね？」

「間違いないな。新市なら子供を殺すくらい平気だ」

「これからどうします？」

「村人にわれわれの素性を説明してくれ。俺たちの立場がわかったところで日本人への憎しみは消えないだろうが、今よりも少しはましになるかもしれない」

景子はうなずき、レラ・ヤップにそれを頼んだ。

彼女はマライ語で説明し始めた。村人たちは、佐伯と景子を無遠慮に睨みつけながらその説明を聞いていた。

説明し終わっても、村人の眼から警戒の色は消えなかった。しかし、佐伯が言ったとおり、怒りと憎しみは多少薄らいだように見えた。

レラ・ヤップと村人たちは知り合いだった。この村で白血病にかかる人が急増したときに、すでに『地球の子供』マレーシア本部は注目し始めていた。

これまで彼女は何度もこの村に足を運んでいる。

村人たちはレラ・ヤップを信頼していた。その点が佐伯たちの数少ない強味のひとつだった。

佐伯は景子に言った。

「どうやら直接話ができる雰囲気になってきたようだ。警察へは連絡したのか、と訊いてみてくれ」

景子は村人たちに英語で尋ねた。村人たちは顔を見合っていた。

やがてひとりの男がこたえた。彼は流暢《りゅうちょう》な英語を話した。

「警察には話していない。『マレーシアン・レアメタル』は地元の警察に金を渡している。われわれは警察を信用できないのだ」

白石景子がそれを佐伯に伝える。佐伯はひとり言のように言った。

「警察が信用できない、か……。耳が痛いな」

「あなたはもう警察官ではないはずですわ」

景子が言った。佐伯が首を横に振った。

「いや。警察官だ。俺は出向しているだけだ」

佐伯の言うとおりだった。しかし、彼は警察手帳も拳銃も手錠も取り上げられた形で出向させられていた。

景子はそれについて、追及はしなかった。

佐伯は景子に言った。

「心ある警官は必ずいる。勇気を出して、訴えるべきだ。特に、日本人がマレーシアの幼い子供や老婆を殺したのだ。いくら『マレーシアン・レアメタル』から金をもらっていたって、警察は黙っていないだろう——そう伝えてくれ」

景子は村人たちにその言葉を通訳した。

さきほどの男がかぶりを振って言った。

「俺たちが警察へ訴えたら、すぐにそのことはヤクザに知られてしまうだろう。悪徳警官が知らせるのだ。そうしたら、あのヤクザはもう一度ここへやってきて、何人かを殺すだろう」

すぐさま景子はこれを通訳する。佐伯は言った。

「警官はそのヤクザを取り押さえることができる」

景子がそれを伝えると、村人たちはまた首を横に振った。男が言った。

「そのヤクザは警官より早くこの村へ来るかもしれない。警察は四六時中この村を守ってくれるわけじゃない。警官のいないときにヤクザが来たら、村人が殺されることになる。きのうのようなことはもうたくさんだ。もし、警官がヤクザを逮捕しても、日本から別のヤクザが来るかもしれない」

その言葉を聞いて佐伯は言った。

「これが暴力団の効果だよ。一度ヤクザに脅《おど》された人間は、ひどく臆病になる。それを誰も責めることはできない。人間は誰だって死にたくないし、けがをしたくない。だが、暴力団は平気で人を殺すし、けがをさせることなど日常茶飯事でしかない」

「それも通訳しますか?」

「いや、いい。彼らの言い分にも一理ある。所長はそのために俺をこの村に送り込んだのだろうからな」

「通訳は?」

「必要ない。そろそろ本題に入ろう。村の実態を視察したいので、入れてくれと言うんだ。できればいっしょに生活して村の状況を把握したい。そのために、寝泊まりさせてもらえればありがたい――そう伝えてくれ」

景子が英語でそれを伝えると、村人たちは驚きの表情を浮かべた。

男が、驚きの表情のままで言った。

「日本人がなぜ……」

「説明してよろしいですか？」

景子が村人の質問を伝え、佐伯にそう尋ねた。佐伯はうなずいた。

景子は村人たちに説明を始めた。

「まず私たちの機関について説明しておかなければなりません。私たち『環境犯罪研究所』の目的は、環境破壊に関係する犯罪行為を調査することです。特に私たちは、悪質な環境破壊に暴力団が関与していることに注目しています。『マレーシアン・レアメタル』はそのケースに該当すると、私たちは考えています」

景子はそこでいったん言葉を切って、村人たちが自分の言葉を理解しているか、あるいは理解しようとしているか、様子を見た。

村人たちは互いにそっと顔を見合ったあと、景子が再び話し出すのをじっと待っていた。

景子は続けた。

「『マレーシアン・レアメタル』社に出資した日本の商社『伊曾商』は、暴力団と関係していることが、調査の結果、明らかになりました。日本の暴力団員がこの村にやってきたのもそのためです。私たち『環境犯罪研究所』は、『マレーシアン・レアメタル』社のようなケースを見逃すわけにはいかないと考えているのです」

村人たちは、まずじっと景子の顔を見、それからレラ・ヤップとニール・アリマナールのほうを見た。

レラ・ヤップは、村人たちにうなずきかけた。

村人たちはひそひそと何ごとか相談していた。

やがて、さきほどから皆を代表している男が言った。

「調べてどうなるというんだ？　日本人同士で話をつけてくれるというのか？　あんたたちはヤクザを追っ払うくらいの力があるのか？　いや、ただ追っ払うだけじゃだめだ。二度とこの村にヤクザがやってこないようにできるというのか？」

白石景子は、表情を変えず、その質問をそのまま佐伯涼に伝えた。

佐伯は、村人たちを見つめたままうなずいて見せた。自信に満ちた態度だった。

それから彼は言った。

「俺たちはそのために日本からやってきた」

景子が通訳すると、村人たちがまた驚いた表情をした。今度はレラ・ヤップとニール・アリマナールも驚いていた。

村人たちはまた何事か話し合った。男が言う。

「いっしょに生活をして、何が起こっているのか知りたいと言った日本人は初めてだ。私たちは、その申し出を受け容れよう。ただし、私たちはあなたがたを信用したわけではない。私たちがどんな思いをしているか、実際にその眼で見てもらいたいだけだ」

景子が、その言葉を通訳した。佐伯が言った。

「上等だ。はなっから歓迎してもらおうとは思っていない」

彼は景子のほうを向いた。「おい、これは通訳しなくていいからな」

佐伯と景子、そしてレラ・ヤップ、ニール・アリマナールの四人は、村人たちのあとに続き、村のなかへ足を踏み入れた。

「マレーシアへ行ってください」

事もなげに『環境犯罪研究所』所長の内村尚之《うちむらなおゆき》は言った。

佐伯はその一言でマレーシアへやってこなければならなかった。

内村所長の発言はいつも唐突な感じを佐伯に与えた。

佐伯が『環境犯罪研究所』に出向させられたのも突然のことだった。

佐伯を指名したのは内村所長だった。白石景子を選んだのも内村だ。

『環境犯罪研究所』も内村の発想で創られたようだった。

佐伯はかつて警視庁刑事部捜査四課——いわゆるマル暴の刑事だった。階級は巡査部長——つまり部長刑事だ。

『環境犯罪研究所』は、たった三人の小さな組織で環境庁の下部組織だ。

そこに警視庁から出向するというのはきわめて異例なことだった。

省庁の下部組織には、国家公務員が天下り《あまくだ》りで配属されるか、あるいは民間人が採用されるのが常だ。

事実、内村所長は外務省と警察庁を経験した国家公務員だし、白石景子は公務員ではなかった。

だが、警視庁の警察官は地方公務員なのだ。いわば縄張りが違うのだ。

その異例なことをやってのけるのが内村の不思議な能力だと佐伯は思っていた。

内村尚之所長はまだ三十歳という若さだった。佐伯よりも五歳も年下だ。だが、まったくそんな感じはしなかった。

彼はいつも席の右脇にあるコンピューターのディスプレイをのぞき込んでいる。机は正面を向く形で置かれているので、所長室に入ると、たいてい内村の横顔を見ることになる。

彼は、いつものように佐伯を部屋に呼んでおいて、夢中でディスプレイを見つめていた。

佐伯はノックしてから入室した。彼は開いたままのドアをもう一度ノックしなければならなかった。

内村所長は、はっとした様子で佐伯のほうを見た。子供がいたずらをしているのを大人に見つけられたような反応だった。

無防備に見える。しかし、それも演技ではないかと佐伯は思い始めていた。

「お呼びですか？」

佐伯がそう尋ねたときに、内村所長は言ったのだった。

「マレーシアへ行ってください」

佐伯は面食らった。

「所長はここがどこだか知ってますか？」

「永田町ですよ」

「ではマレーシアはどこだか知ってますか？」

「東南アジアです」

「どのくらい遠いか知ってますか？」

「ええ……。一応、外務省にいたこともありますから。なぜそんなことを訊くのですか？」

「近所のスーパーまでお使いに行ってくれ、というような口調なもんでね……」

「今どき、海外旅行など珍しくないと思っていましたが……」

「珍しくはありませんよ。ただ、海外旅行などしたことのない人間がいたって不思議じゃないでしょう」

「一度も？」

「ありません。俺にはそんな余裕ありませんでした」

「ご両親を高校生のときに亡くされたのでしたね……」

「そう。俺は卒業してすぐ警官になりました。それ以来、ずっと仕事が忙しくて……」

「一応、環境庁の仕事ということになります。面倒なことは何もありません」

「俺は言葉が……」

「白石くんに同行してもらいます。彼女は英語、フランス語、スペイン語を話せます。入出国の手続きなども、彼女にやってもらうといいでしょう」

「子供のようで情けないですね……」

「あなたには重要な任務があるのです。雑用は彼女がすべて片付けてくれます」

「その任務の内容をうかがいましょう」

内村所長はうなずいて、佐伯にいつもの再生紙で作ったファイルを手渡した。

こうした再生紙を使うのは、役所に対する所長のポーズだ、と白石景子が佐伯に語ったことがあった。

佐伯はファイルを開き、ページを繰った。

新聞記事のコピーやコンピューターのプリントアウトが綴《と》じられている。

新聞記事はある公害訴訟に関するものだった。マレーシアにあるレア・アース採掘所に放射性物質が備蓄されており、それが原因で、採掘所がある村の住民が次々と白血病になった。

その採掘所は、日本の商社が出資した現地法人のものだった。その会社が『マレーシアン・レアメタル』社だった。

村民の代表者が訴訟を起こし、村人全員に対する損害賠償と採掘所の操業停止を求めた。現在、操業停止の仮処分が認められている。

内村は説明を始めた。

「『マレーシアン・レアメタル』社の採掘所ではモナザイト鉱石を掘り出しています。そのモナザイトを精製する過程で、放射性物質の水酸化トリウムが副産物として産出されるのです。採掘所はその水酸化トリウムを備蓄しており、村人はそのために被ばくしたわけです」

「モナザイト鉱石ってのは何です？」

「一般にレア・アースと呼ばれている金属の一種です」

「レア・アース？」

「日本語では希土類元素といいます。原子番号二一のスカンジウム、三九のイットリウム、そして五七から七一までのランタノイドと呼ばれる一群の元素、計十七種の金属元素の総称です。主に新素材の原料として用いられます。『マレーシアン・レアメタル』社が採掘しているモナザイトはカラーテレビのブラウン管の赤色発光体などに使われます」

「高校のとき化学は比較的得意だったんですが、そんな元素は聞いた覚えはありませんね」

「これまでレア・アースの主な用途はガラスの研磨材とか、光学レンズ、冶金、自動車の触媒などで、限られていたわけです。ところがセラミック系の高温超電導材料が出現するようになり、レア・アースは一層クローズアップされたのです。レア・アースの埋蔵量の八十パーセントが中国にあるといわれています」

「ほう……。それで、マレーシアのその会社……、『マレーシアン・レアメタル』ですか……、そこに出資した日本の商社というのは？」

「株式会社『伊會商』」

佐伯の表情が引き締まった。内村所長はそれに気づいていたはずだった。そういった反応を彼が見逃すはずはない。だが、内村所長は無頓着《むとんちゃく》を装って言った。

「株式会社『伊會商』は『マレーシアン・レアメタル』社に四十一パーセントの出資をしています」

「なるほど……」

佐伯は言った。「俺がマレーシアへ行かねばならない理由がわかりましたよ」

「そうですか？」

内村所長はきょとんとした顔をして見せた。こうした反応すべてが曲者《くせもの》なのだ、と佐伯は思った。

「『伊曾商』の役員のなかにも毛利谷一家の企業舎弟がいます」

内村所長はうなずいた。

「さすがにもとマル暴の刑事さんです。そのとおり。『伊曾商』は、広域暴力団坂東連合の宗本家、毛利谷一家の息がかかった企業です。毛利谷一家がこの公害訴訟の始末をつけるために動き出したという情報を、警視庁の捜査四課がキャッチしたのです」

「毛利谷一家の人間がマレーシアへ出向くというわけですか？」

「どうでしょうね。そのあたりの事情は、あなたのほうがお詳しいと思いますが……」

「毛利谷一家は、性格的には経済ヤクザです。実際に現地に乗り込んで危ない橋を渡るのは、傘下の別の組織かもしれませんね」

「調べてもらえますか？」

「やってみましょう」

「旅行のスケジュール等については、すべて白石くんに任せてあります。彼女と打ち合わせてください」

「わかりました。ひとつ質問していいですか？」

「何です？」

「俺の両親は暴力団に殺されたようなものです。だから、はっきり言って俺は暴力団を人一倍憎んでいます。だが、所長が暴力団を憎む理由は何です？」

「彼らを憎まぬ一般市民などいないでしょう」

「俺はその言葉以上のものを感じるのですがね……」

「悪質な環境破壊には暴力団が関与するケースが多い――私の立場ではそうとしか言えませんね」

「あんた正直じゃないな」

「お互いさまでしょう。違いますか？」

「俺はあんたに隠し事はしない。しても無駄だとわかっていますからね」

佐伯は所長室を出た。

そこはふたりだけのオフィスだった。佐伯の机と白石景子の机が向かい合わせで置いてある。

佐伯は自分の席に戻り、かつての部下だった奥野巡査長に電話をかけた。

白石景子はワープロを打っていた。彼女はディスプレイから眼を離そうとしなかった。

3

佐伯涼の父親は、彼の家に代々伝わる古武道の師範だった。その古武道は『佐伯流活法』と呼ばれていた。

古武道の師範だからといって、それだけで生活していけるわけではない。古流の柔術や拳法はたいてい治療術を伝えている。柔道整復師の技術もそうした伝統によって培《つちか》われてきたものだ。

『佐伯流活法』にも整体術が伝わっていた。涼の父親は、整体術の治療で生計を立てていた。

だが、涼の父親は、まとまった金が急に必要になった。涼の母親が面倒な病気にかかり、入院治療をしなければならなくなったのだ。血液の癌《がん》といわれる病気だ。

涼の父親の腕に眼をつけた暴力団が、その弱味につけ込んできた。いわゆる用心棒になるよう誘いをかけてきたのだ。

涼の父親はそれを断われなかった。

彼は金が必要だった。彼が金を稼がなければ、妻が死んでしまうのだ。

彼は暴力団にいいように利用された。出入りのときは、ほとんど楯《たて》にされているようなものだった。彼は文字通り命がけで戦った。

そして、抗争の最中に死んだ。

治療費の目処《めど》が立たなくなった涼の母親は病院を出なくてはならなくなり、やがて夫のあとを追うように死んだ。

涼は高校を卒業するとすぐに就職をしなければならなかった。高校の教師は、充分に国立大学へ進む学力があると保証してくれたが、涼は進学を諦めたのだった。

彼は警視庁の警察官となり、外勤から叩き上げられた。

佐伯涼は警察官になったときから捜査四課への配属を希望し続けていた。

念願かなって本庁刑事部捜査四課に配属になったのが二十五歳のときだった。以来、十年、マル暴畑を歩み続けていた。

この道には何十年というベテランがいる。十年程度では何の自慢にもならない。

しかし、佐伯涼は少しばかり特別だった。

彼は捜査四課に配属になってしばらくはおとなしくしていた。が、部長刑事に昇進したころから過激なヤクザ狩りを始めたのだった。

マスコミは彼の顔と名前を覚え、警視庁の行き過ぎた捜査を非難した。

佐伯涼の上司は、警察の職分について何度も彼に言い聞かさなければならなかった。処罰するのは警察の役目ではない。裁判所の仕事なのだ、と。

正式に、訓戒や減俸といった処分を受けたことが何回かある。それでも佐伯はヤクザ狩りをやめなかった。

暴力団がある限り、自分のような不幸を背負わされる人間が後を絶たない――佐伯はそう考えていたのだ。

彼が刑事でいるうちはそれでもよかった。しかし、警察官の権限を保留する形で出向させられたとたん、佐伯は、自分を育ててくれた伯父夫婦、その息子夫婦、そして伯父の幼い孫を暴力団に殺されてしまった。

暴力団は彼らを、爆薬で細切《こま》れの肉片に変えてしまったのだった。

『環境犯罪研究所』に出向を命じられたとき、自分は体《てい》よく警察から追っ払われたのだと佐伯涼は考えた。

しかし、そうではなかった。内村所長は、佐伯のやりかた、そして佐伯の過去を知り尽くした上で彼を必要とし、彼を呼び寄せたのだ。

内村所長は、佐伯のほとんどすべてを知っていた。白石景子に関してもそのはずだった。

所長は佐伯と景子の遠い先祖のことまで調べていたのだった。

佐伯涼の家は数ある佐伯姓のなかでも名門だ。『佐伯流活法』が彼の家にだけ伝わっているという事実を見てもそれがわかる。

佐伯涼は佐伯連《さえきのむらじ》の末裔《まつえい》なのだった。

佐伯連は、古代、蝦夷《えみし》を統治し宮廷警護などにあたった有力軍事氏族だった。

佐伯連一族の子麻呂《こまろ》は、葛城稚犬養連網田《かづらきわかいぬかいのむらじあみだ》とともに蘇我入鹿《そがのいるか》を暗殺し、大化改新の口火を切った。

蘇我入鹿の暗殺が六四五年六月十二日。翌十三日には父の蝦夷《えみし》が自害し、蘇我本宗家が滅亡する。

佐伯連が統率していた蝦夷の民というのはアイヌ民族のことではない。大陸から大和民族が侵攻してくる以前に日本本土に広く定住していた先住民族の総称だ。

その後、蝦夷は大和民族に追われ、東国へと移動していったのだった。

その同族、讃岐《さぬき》の佐伯氏から空海が出ている。

空海の出家の動機は熾烈《しれつ》な門閥争いに耐えかねたことだと言われているが、具体的なことはわかっていない。

実際には佐伯氏の民族的な問題が尾を引いていたのかもしれない。蝦夷の民は、すでに要職にはつけない時代になっていたのだろう。

佐伯連子麻呂は、入鹿暗殺と同じ年に起こった古人大兄《ふるひとおおえ》謀反《むほん》事件の際にも刺客として活躍している。

入鹿暗殺のときと同様、中大兄《なかのおおえ》の命を受け、阿倍渠曾倍《あべのこそべ》とともに兵を率いて出向き、古人大兄とその子を斬殺したのだ。

中大兄に政権を取らせるために、おおいに功績のあった佐伯連子麻呂は、当然のことながら優遇された。

当時、目ざましい功績に対しては、功田《くでん》と呼ばれる田が賜与《しよ》された。子麻呂には、一般の臣下としては破格の、四十町六段もの功田が与えられた。

また、皇太子でもあった中大兄が、病気の見舞いで、直々に子麻呂の自宅を訪れたことがあったという。

しかし、中大兄は、これほど厚遇しておきながら、子麻呂を官僚として重用《ちょうよう》しなかった。

佐伯連は、子麻呂の死後、いつしか歴史の陰へと消え去っていくのだ。

だが、佐伯連が消滅したわけではない。政府の要職に一族の者がついていたことにも変わりなかった。

それは陰の要職だった。子麻呂は暗殺者として名を上げた。そして、その子孫たちは暗殺者として生きねばならなかったのだ。

佐伯は、その呪われた暗殺者の血を引いている。

佐伯涼の祖父は、旧陸軍の特務機関に所属し、暗殺を任務としていた。『佐伯流活法』が任務の役に立った。

それも、血の呪縛だ、と佐伯は考えたことがあった。

そして、父親は暴力団の用心棒となった。それにはもっともな理由があった。父親は結婚すると、治療院を開き、それを生業《なりわい》とするのだが、それ以前に、金で殺人を請け負っていた一時期があった。

それを知った暴力団が、それを脅迫材料に近づいてきたのだった。

佐伯はその血筋を呪い続けていた。

だが、いつしか自分も、その血に縛られていることに気がついた。

彼はヤクザ専門の暗殺者となっていたのだ。

内村所長はそれを認めた。だからこそ佐伯が必要だと言ったのだ。

そのこと自体驚くべき事実だが、佐伯はこの研究所にやってきて、さらに驚かされることに出くわした。

白石景子の出自についてだった。

彼女の母方の姓は葛城《かつらぎ》といった。母方の葛城家はたいへんな資産家だということだった。

そして、その先祖には、子麻呂とともに入鹿を暗殺した葛城稚犬養連網田《かづらきわかいぬかいのむらじあみだ》がいるのだという。

景子の話では、佐伯連が蝦夷を治めていたように、葛城稚犬養連も、異民族を管理統率していたという。

その異民族というのは南海系の先住民、隼人《はやと》だ。隼人は犬の鳴き声や行動をまねる風習を持っていた。

そして、古代から中世にかけて、佐伯連の蝦夷と葛城稚犬養連の隼人が宮廷警護についていたことは広く知られている。

佐伯連と葛城稚犬養連の末裔が『環境犯罪研究所』で出会ったのは、おそらく偶然ではないと佐伯は考えていた。

内村所長が何かの目的で人選したのだ。

あるいは、単に趣味の問題なのか――その点については、佐伯も景子もまったくわからなかった。

佐伯涼の後輩、奥野巡査長は警視庁にいた。刑事というと、日夜、外を飛び回っているように思われている。実際所轄署の刑事は現場仕事が多いが、本庁の刑事は意外と書類仕事に追われているものなのだ。

「あ、チョウさん」

奥野が電話に出て言った。佐伯が言う。

「おい、奥野。俺はもうデカチョウじゃない」

「わかってるんですが、つい……。……で？　俺に何か……？」

「『伊曾商』が出資してマレーシアに作った会社が、現地の住民と揉めてるんだってな」

「『マレーシアン・レアメタル』社ですね」

「そうだ。『伊曾商』の役員のなかに坂東連合の宗本家、毛利谷《もりたに》一家の企業舎弟がいる」

「もちろん知っています」

「それで、『マレーシアン・レアメタル』の面倒事を解決するために毛利谷一家が動き出したという話を聞いたんだが……」

「チョウさん、環境問題を調査する機関に出向になったと聞きましたが……」

「そのとおりだ」

「どうして毛利谷一家のことなんか知りたがるんですか?」

「『マレーシアン・レアメタル』の件は、れっきとした環境問題だよ。何でも、モナザイトとかいうレア・アースを精製する際に、水酸化トリウムという放射性物質が副産物として生産されるらしい。その水酸化トリウムを備蓄していたために、その採掘所がある村の住民が白血病などの放射能障害にかかったというんだ」

「さすが詳しいですね」

佐伯は、所長に手渡された資料を見ながらしゃべっていたが、そのことは言わなかった。

「住民は訴訟を起こしている。代表訴訟という日本にはないやりかただそうだ。つまり、村人の何人かが、村人全員に対する損害賠償を求めて訴訟を起こしたわけだ。だが、本物のヤクザが行ってやつらの方法で住民を脅したら、訴訟を続けようなんて住民はいなくなるかもしれない。『環境犯罪研究所』としては、そうした事態を見過ごすことはできない」

「『環境犯罪研究所』？」

「俺が出向している機関だ」

「そうでしたね。まさか、チョウさん、そのナントカ研究所へ行ってもヤクザ狩りをやってるんじゃないでしょうね」

「そういう言いかたはないだろう。『環境犯罪研究所』っていうのはな、環境庁の下部組織だ。いわば、こいつはお国のための仕事だ。協力しろよ」

「毛利谷一家は動いていませんよ」

「動いてない？」

「そう。動いているのは、坂東連合傘下の泊屋《とまりや》組です」

「泊屋組……」

佐伯はうめくようにそれを繰り返した。

「泊屋組組長と毛利谷の本家とは親子の関係にあります」

親子というのは稼業の上での関係だ。本当の肉親ではない。

佐伯は泊屋組とは浅からぬ縁があった。

佐伯の伯父夫婦、その息子夫婦、そして伯父の孫をばらばらの肉片に変えてしまったのは、泊屋組の兄弟筋に当たる瀬能《せのう》組だった。

瀬能組は、佐伯が叩きつぶしたのだ。

そして、佐伯は一度、泊屋組の仕事を邪魔している。

泊屋組が、産業廃棄物の不法投棄に関与したとき、その不法投棄を実力行使をもって未然に防いだのだ。

「泊屋組と毛利谷一家の関係は知っている。そうか。本家は泊屋組を動かしたか」

「若衆頭《かしら》の新市章吾《あたらいちしょうご》という男が、若い者《モン》をふたりくらい連れて成田を発《た》ったのを確認しています」

佐伯は新市を知っていた。あまり敵に回したくない男だ。そして、いざ敵となったら、徹底的に叩きのめしたくなるタイプだ。

「いつだ?」

「ゆうべの便です」

「ありがとうよ」

「チョウさん……」

「何だ?」

「警視庁に戻って来られるんでしょう」

「生きてりゃ、そのうちにな……」

佐伯は電話を切った。彼は向かいにすわっている白石景子に言った。

「出発の予定はいつだ？」

「いつでも……」

「どうやら早いほうがよさそうだ」

「今夜にしますか？」

「あ、いや……。俺は旅の用意を何もしていない……」

「では、明日にしましょう。明日の午前の便をおさえておきます」

「ビザとかは……？」

「三カ月以内の滞在なら必要ありません」

「現地の地理には詳しいのか？」

「いいえ。案内係を用意してもらうことになっています」

「案内係？」

「『地球の子供』という国際的な環境保護団体の事務所がマレーシアのペナンにあります。そこにこちらの目的を伝えたら、案内の者をよこしてくれるということになったのです」

「わかった。明日でいい」

「では、後ほど必要な書類をお渡しします」

景子はまたワープロのディスプレイに眼を戻した。

「ちょっと出てくる」

「お戻りは？」

「夕方には戻る」

佐伯はこっそり、マレーシアの旅行ガイドブックを買い、旅行に必要なもののチェックリストを作るつもりだった。

リストを作ったら、それを持って買い物に行くのだ。

彼は赤坂東急ホテルまで行き、ガイドブックを買い、コーヒーラウンジに入った。

彼はせっせとリストを作り始めた。

このあたりのホテルのラウンジは場所柄、ヤクザが多い。いつもなら、彼らのせいで不機嫌になる佐伯だったが、そのときばかりは周りのことなど気にしていなかった。

夕刻、買い物を終えて研究所に戻ろうと思ったが、考えが変わった。

事務所に電話をかけ、事務所には戻らず、直接帰宅すると白石景子に告げた。

「何時ごろ、帰宅なさいます？」

「そうだな……。今日のうちには……」

「わかりました」

佐伯は、現在白石景子の家に居候をしている。彼が相続した家は、瀬能組に爆破されてとても住める有様ではなかった。

それまで住んでいたマンションは、やはり瀬能組のチンピラが銃弾を撃ち込んだことで、巻きぞえを恐れた住民に追い出されてしまった。

白石景子の家は、横浜の山手にあって、ちょっとした公園ほどの敷地を持っていた。

そこに典型的な洋館が建っている。部屋は少なく見積もっても十以上はある。ちょっとしたホテルといった感じの建物だ。

景子はそこにひとりで暮らしていた。女のひとり暮らしの家に居候しているというと、誤解をされそうだが、景子がひとりで暮らしているという場合、執事《しつじ》や家政婦などを勘定に入れないのだった。

景子の家には、映画に出てくるような執事と家政婦がいた。執事と家政婦は夫婦だった。

書類は家に帰ってから受け取ればいい。佐伯はそう考えて、ミツコに電話をした。

「出勤まえに食事でもしないか?」

「うれしい! 同伴してくれんの?」

「そうだな……。たまにはいいか……」

七時に防衛庁のそばにある喫茶店で待ち合わせた。

ミツコ——井上美津子《いのうえみつこ》は時間どおりにやってきた。彼女は六本木のクラブで働いている。まだ二十歳になったばかりだ。

中学生のときから不良グループと交流を持ち、高校に入ってからは、売春、トルエンの密売、対立グループとの喧嘩とけっこうさかんに暴れていた。

色がたいへん白く、しかも肌が美しい。父方のほうにアメリカ人の血が混じっているということだ。目鼻立ちは端正で、スタイルがすばらしくいい。

その美しさは男の眼を引かずにはおかない。たちまち、暴力団の構成員に眼をつけられ、やがていっしょに暮らすようになった。彼女が十八歳のときのことだ。

そのときから水商売で働くようになった。

たまたま、当時その組をマークしていた佐伯が、一骨折ってミツコと男を別れさせた。当初は、余計なお世話だとばかりに佐伯に食ってかかったミツコだったが、時が経ち、世の中というものがわかるにつれ、佐伯に感謝するようになっていた。

その後、同じ組がまたミツコにちょっかいを出し始めたことがあった。それが佐伯の逆鱗《げきりん》に触れることになった。佐伯はその組に家宅捜索《ウチコミ》をかけ、事実上、その組を叩きつぶしてしまったのだった。

ミツコは会うたびに美しくなる――佐伯はそう思った。そういう年頃だ。

ふたりは軽い夕食を済ませ、ミツコのつとめるクラブへ行った。

時間が早いので店内はすいていた。

ミツコが席につき、乾杯すると佐伯は言った。

「明日、マレーシアへ行く」

「あら、いいわね。いつ帰ってくるの？」

「わからない。へたをすると帰れないかもしれない」

「おみやげ楽しみにしてるわ」

「ちっとも心配してくれないんだな」

「佐伯さんが死ぬはずないもの」

「たまげたな。俺より俺のことを信じてるんだ」

「そうよ」

ミツコは営業的ではない、子供っぽい笑顔を見せた。

4

横浜の白石邸に着いたのは十二時を少し回ったころだった。

六本木を早目に引き上げたつもりでも、横浜に着くとこの時刻になってしまう。

玄関に鍵がかかっていた。居候の身の佐伯は鍵を持っていなかった。しかたがないのでチャイムを鳴らす。ややあって、解錠する音がしてドアが開いた。

執事が立っていた。

「お帰りなさいませ」

「まだ起きてたのか?」

「佐伯さまがお帰りになるまでは休めませんよ」

「俺のことは気にしないでくれよ」

「そうはまいりません」

「こういう生活は快適なようで、気を使うもんだな……」

「佐伯さまがお気をお使いになることはございません。気を使うのは私どもの仕事ですから」

「慣れないもんでね……」

「リビングにいらしてください」

「どうしてだ？」

「佐伯さまがお帰りになったら教えてもらいたいと、お嬢さまが申されまして……」

「起きてるのか？」

「そのはずです。お呼びして参りますので、リビングでお待ちください」

佐伯は言われたとおり、暖炉のあるたいへん居心地のいいリビング・ルームへ向かった。

ソファにすわって待っていると、すぐに景子が現われた。

事務所にいるときと印象が違った。

髪を解《ほど》き、化粧を落としている。そのせいで、いくぶんか若く見える。

コーデュロイのパンツにスウェットのセーターというくつろいだ恰好だ。研究所での彼女は有能な秘書特有のてきぱきとした魅力がある。

今の景子は、それとはまったく異質の余裕のようなものを感じた。

佐伯は、このちょっとした変化にいつも戸惑ってしまう。家には慣れたが、景子には慣れることはなかった。

「お帰りなさい」

「遅くなって申し訳ない」

「かまいません」

景子は優雅に腰を降ろした。まるで体重がないようにふわりとソファにすわったのだ。

彼女は海外旅行に必要な書類を取り出し、旅行代理店の者のように、佐伯に記入させた。

「けっこうです。明日は六時に家を出なければなりません。早目にお休みになってください」

「わかった」

景子はすわったときと同様に、ふわりと立ち上がった。

「おやすみなさい」

「おやすみ」

彼女は部屋へ戻った。佐伯も部屋へ行って荷作りをすることにした。

階段のところに執事がいた。佐伯が言った。

「あの人はいつくつろぐのだろうな?」

「お嬢さまのことでございますか?」

「ああ」

「お嬢さまなら充分にくつろいでおいでですが……」

「あれでか?　なるほど育ちというのはおそろしいものだ」

佐伯は階段を昇り、自分の部屋に向かった。


日航の直行便は、約七時間半でクアラルンプール国際空港に着いた。

佐伯は機を出たとたん、重苦しい暑さに、一瞬押しつぶされるのではないかという錯覚を起こした。

気温だけではなく湿度が高いせいだ。

一階が到着ロビーになっている。入国審査と税関検査を終えるまで、佐伯はいらいらしどおしだった。

旅の疲れと暑さのせいだった。エアコンは効いているものの、長時間並ばされるのには閉口する。

ロビーへ出ると、紙に佐伯の名をアルファベットで綴《つづ》って待ち受けている若者がいた。若い女性と男性で、彼らがレラ・ヤップとニール・アリマナールだった。

白石景子が彼らと握手をして、その後、佐伯を彼らに紹介した。

「イポー市のホテルを予約してあると言っています」

景子が佐伯に言った。「すぐにイポーに出発しますか?」

佐伯は、内村所長からもらった資料と、ガイドブックの地図とを思い出して言った。

「問題の村はイポー市郊外だったな……。ここからどれくらいかかるんだ?」

景子はレラ・ヤップに尋ねた。レラ・ヤップがこたえる。景子が佐伯に言った。

「バスで四時間ほどです」

佐伯は正直言ってうんざりした。猛暑のなかを四時間もバスに揺られるのは願い下げにしたい。

だが、そんなことを言っていられる立場ではなかった。『地球の子供』マレーシア本部のレラ・ヤップとニール・アリマナールは、まったくの好意で佐伯たちに付き合ってくれるのだ。

「出発しよう。できるだけ早く村に着かねばならない」

ニール・アリマナールがバスの出発予定時刻を告げた。

それを聞き、佐伯は時計を見た。景子が言った。

「時差が一時間あるからお忘れなく」

「そうだったな……」

佐伯は時計を一時間遅らせた。そのあと、レラ・ヤップが何かを言った。景子がこれを通訳する。佐伯は意外な言葉を聞いた気がした。

「寒いので上着を用意したほうがいい、とのことです」

景子はそう言ったのだ。

佐伯は思わず訊き返していた。

「寒い？」

景子はうなずいた。

「長距離バスは、エアコンがたいへんよく効いていて長時間乗っていると震え出すほど涼しいのだそうです」

「なるほど……。昔の山手線がそうだったな……」

長距離バスの乗り場は、クアラルンプールの中心街に位置するプドゥラヤ・バスターミルにあった。

このターミナルは七階建ての立派なもので、一階がバス発着場、二階がチケット売場、四階が乗り合いタクシー乗場で、五階以上がホテルになっている。

ここから、マレーシア半島部のほとんどの地域に行くことができた。

クアラルンプールは高層ビルの立ち並ぶ大都市だ。

そのビル群が高い湿度のために、遠くから見るとわずかに霞んで見える。そして、ビルの周囲には、色濃い熱帯樹の緑があふれていた。

佐伯は、初めての海外旅行で緊張していたが、その風景を見て、ようやく旅情をくすぐられる思いがした。

不思議なことに佐伯は、クアラルンプールの風景をなつかしいと感じていた。もちろん初めて見る風景だ。なのに、なぜなつかしいのだろうと佐伯は考えていた。

人間は、日常から離れて景色を眺めるとき、それがどんな景色であれ、郷愁を感じるものなのかもしれない——ふと彼はそう思った。

レラ・ヤップが言ったとおり、長距離バスのなかは寒いほどだった。

バスは一時間半ごとに休憩の停車をする。停車する場所には必ず食堂などがあった。

出発して一時間ほどで日が暮れた。

その唐突な日の暮れかたに佐伯は驚いた。夕暮れがしのび寄るといった感じはない。つい今しがたまで明るかったのに、すとんと太陽が沈んでしまう感じなのだ。

赤道直下なのでこうした日の沈みかたになるのだ。

夜の八時過ぎにイポー市に着いた。それまでは明かりも少なく暗い道をバスはひた走った。

道の暗さは、日本の都市部では考えられないほどだ。

人工衛星から夜になったアジアの部分を見たら、日本列島だけが明るく浮かび上がって見えたという新聞の記事を佐伯は思い出した。

日本以外の国々の夜は今でも暗いのだ。

やがてイポー市が近づくと、少しずつ明かりの数が増えてくる。市内に入ると、さすがに街灯が点《とも》って明るくなってくる。

イポー市は、マレーシア第三の都市で、ペラ州の州都だ。

マレーシアの錫《すず》は世界的に有名だが、イポーは郊外のキンタ渓谷で採れる錫の採鉱地として知られている。

市内には英植民地時代の洋館、イスラム教の寺院、そして中国風の看板が入り混じって奇妙な調和を見せている。

イポー駅は植民地風の美しい洋館だ。中央にドームのついた塔があり、その両翼に棟が広がっている。

今は夜の闇に包まれているが、それでも、純白の壁が浮き出たように見える。昼間は、まぶしいくらいに陽光をはねかえしているに違いないと佐伯は思った。

この駅の三階にステーション・ホテルがあった。

ここはイポー市で一番格調の高いホテルだ。室内も調度も、植民地時代を思わせる古風なもので、たいへん落ち着いた感じがした。

佐伯は、このホテルが景子にぴったりだと思った。

彼は、思わず訊いていた。

「このホテルを指定したのか?」

「いいえ。なぜです?」

「いや……。いいんだ。気にしないでくれ」

チェック・インを済ませると食事に出かけることにした。

イポー駅の正面から、市を横切るキンタ川までの一帯が旧市街《オールドタウン》だ。

キンタ川とほぼ平行に走っているサルタンユスフ通り、それと直角に交わり、駅前まで伸びているサルタンイスカンダリア通りには中国語の看板が目立つ。

佐伯たちは、中華料理店に入った。

サンミゲール・ビールを注文する。サンミゲールは広く東南アジアで飲まれているビールだ。

佐伯はかいた汗の分を取り戻そうとするかのように一気にコップを干した。たいへんにうまかった。

レラ・ヤップはコーラを注文していた。ニール・アリマナールはビールをちびちびと飲んでいる。

聞くと、マレーシアはイスラム教国なのであまり酒を楽しむ習慣がないのだという。ニール・アリマナールも、禁酒をしているわけではないが、習慣のせいであまり強くないのだそうだ。

景子がメニューを見ながら手際よく注文を済ませた。

料理が来る間に、レラ・ヤップはイポー市についてあれこれ説明した。

マレーシアには中国系住民がある程度の割合を占めているが、イポー市ではその比率が他の地域に比べ圧倒的に多い。

錫《すず》の鉱山労働者として多くの中国人が移住してきたからだ。

中国人たちはこの南洋の地で持ち前の商才を発揮した。今では中国系住民はマレーシアのビジネス・エリートだ。

料理が次々と運ばれてくる。日本で食べる中華料理とはちょっと違っている、と佐伯は感じた。

ココナッツオイルを使っているせいだ。味は悪くない。

佐伯は、食欲があるので安心した。若い頃、真夏の外勤でひどい目にあったことがある。いわゆる夏バテなのだが、まったく食欲をなくしてしまったのだ。それでも勤務は休めない。体力はみるみる消耗していく。彼は生まれて初めて脳貧血を起こして倒れそうになった。

そのとき、彼は、暑いときに食べることの大切さを痛感した。

話題は自然に『マレーシアン・レアメタル』社のモナザイト採掘所のことになった。

「採掘所に備蓄している放射性物質が、村人たちに悪い影響を与えているのは明らかです」

レラ・ヤップは言った。「でも、医者はその因果関係を証明することはできないと言っています」

景子はうなずいてから通訳した。

佐伯は言った。

「裁判となると、誰でも発言はひかえ目になる。あまり断定的なことを言って、もしごくわずかでも事実に反することや裏付けが取れないことがあれば、相手の弁護士はそこをつついてくる」

景子はまったく淀《よど》みなく、ほぼ同時に通訳していく。レラ・ヤップとニール・アリマナールはうなずいた。

レラ・ヤップが言った。

「普通の裁判でもその点が微妙なのはわかっています。公害訴訟ではさらに問題がデリケートで複雑になってきます。公害を生む背景には、必ず地域の開発という問題が横たわっています。利権がからんでいるのです。したがって、その地域の有力者がしばしば被害者の周辺に圧力をかけるということが起こります。公害訴訟に踏み切るには勇気がいるのです」

佐伯はうなずいた。

「わかるよ。日本でもそのへんの事情はいっしょだ。国と企業は金のことしか考えない。苦しめられるのはいつも地元に住む庶民だ」

「さらに公害訴訟が難しいのは、たいていの場合、前例がないという点なのです。ある薬剤が公害の原因になったとします。多くの場合、それが初めてのケースで因果関係を証明するのがたいへんやっかいで、時間がかかるのです」

佐伯は黙ってうなずいた。

レラ・ヤップはさらに続けた。

「でも、被害にあっている住民には因果関係など問題ではないのです。自分自身が、あるいは肉親が、親しい友が実際に病気にかかり苦しんでいることが問題なのです」

ニール・アリマナールがレラ・ヤップの言葉の終わるのを待って、言った。

「公害と言ってもいろいろあります。農薬、鉱毒、そして今回のような放射能汚染……。でも、それらに共通して言えるのは、一度汚染された土地はもとに戻るのにたいへん長い時間が必要だということです。私たち『地球の子供』が熱帯林の伐採や、ゴルフ場開発などの問題とともに、公害に関わるのは、そういう点に関心を持っているからです」

その口調は熱っぽかった。淡々としたレラ・ヤップの口調とは対照的だった。

彼の口調からは怒りが感じられた。

現在、マレーシアが直面している環境問題には日本の企業が必ずからんでいる。

つまり、この若者の怒りは日本人に向けられているのかもしれなかった。それを思うと佐伯は複雑な気分になった。

ここでその気持ちをごまかすわけにはいかない、と佐伯は思った。

彼はアリマナールの顔を見つめて言った。

「『マレーシアン・レアメタル』には日本の企業が出資している。放射能障害については、日本の企業に責任の一端があると言える。君が関心を持っている熱帯林の主な輸出先は日本だ。そして、東南アジアのあちらこちらでゴルフ場やホテル建設などのリゾート開発を行なっているのも、日本の業者が多い。つまり、日本はマレーシアを始めとする東南アジアの国々に公害を輸出し、開発や貿易という名のもとに自然破壊を行なっている。君はそんな日本が憎いのではないかね？」

アリマナールは、佐伯の眼を見返しながら景子の通訳を聞いていた。話を聞き終わると、彼は眼をそらさずに言った。

「憎い」

佐伯は、黙ってアリマナールを見つめている。だが、いつもの厳しい眼つきではなかった。

アリマナールは続けて言った。

「でも、日本人を憎んでいるわけではありません。マレーシアの自然を破壊し、マレーシアの住民を苦しめる行為が憎いのです」

「その言葉にいつわりはないいな?」

アリマナールに代わってレラ・ヤップが言った。

「私たちはヒステリックなエコロジストではありません。現実に即してものを考えるよう訓練されています。ニールはまだ学生ですが、充分に理性的なものの考えかたができる人間です」

佐伯はうなずいた。

「信じよう」

アリマナールが言った。

「僕もあなたがたを信じることにします」

佐伯はレラとアリマナールを交互に見て言った。

「俺は、その村に滞在しようと思う。でなければ実際に何が起こっているのかはわからない」

レラがほほえんで言った。

「そのお申し出を歓迎します。これまで現地に滞在して実情を見ようと言ってくださった日本人はあなたがたが初めてです」

佐伯は景子に言った。

「快適なホテルを出なくてはならんが、かまわないか？」

景子は平然とこたえた。

「私はどんな場所でも平気です。そういう教育を受けていますから」

佐伯は、その言葉に説得力を感じていた。

そのときはまだ、この四人は、村人たちが信じ難い新市の蛮行に恐怖し、怒っていることを知らなかった。

5

新市たちはイポー市のタンブン・インを出発しクアラルンプールに向かっていた。

タンブン・インの部屋は借りたままにしておいた。

『伊曾商』マレーシア支店の桜木哲治が車を都合して運転していた。

古い型のブルーバードだった。マレーシアには古い型の日本の中古車がたくさん走っている。

新市は二人の若い衆を連れていた。彼らはさすがに上着を着ていなかった。

エアコンはあまり効かず、車内は暑かった。若い衆はゆったりとした原色のシャツを着ている。イポーで買ったものだ。

そのシャツの下に九寸五分の匕首《あいくち》を隠し持っているはずだった。ベルトにはさんであるのだ。

新市は無口だった。ふたりの若い衆も新市に気を使ってか、何もしゃべろうとはしない。彼らは暗い眼をしている。

まるで思いつめているような表情だった。

三人のヤクザがたいへん静かなので、桜木は不気味に感じていた。

毒蛇といっしょに檻《おり》に閉じ込められたような気分だった。一刻も早く、ヤクザの案内役から解放されたかった。

何といっても彼らは桜木の目のまえで人をふたりも殺しているのだ。

イポーのタンブン・インに戻ったときには、新市はまるでそのことを忘れてしまったように振る舞っていた。

本当に忘れてしまっていたのかもしれない。桜木はそんなことを考えていた。

彼は新市といっしょにいて、ヤクザがどんなものかようやくわかりかけてきた。

彼らの情緒はひどく未発達だ。

人間は喜怒哀楽を持っている。だがそれだけではない。

美しいものを見て感動する心、他人を思いやる気持ち、抽象的な概念を類推する能力――そういうものこそが、人間の持つ高次元の情緒だ。

だが、新市のような連中にはそれが欠落している。

彼らがきわめて直情的なのはそのせいだ。彼らは、極端な喜怒哀楽しか持ち合わせていないのだ。

自己顕示《けんじ》が強く、がまんすることを知らない——まるで三歳児程度の情緒なのだ。子供は直情径行で、暴力的だ。

桜木はそんなことを考えていた。そして、まさか、心のなかを見透かされはすまいな、と思ってひやりとした。

彼らは、クアラルンプール市郊外にあるゴルフ場に向かっていた。

そこは、日本の企業の資本によるゴルフ場だった。

日本のある観光会社が州政府から借りた土地を約三十億円かけて造成した。これは日本国内の数分の一の費用だ。

会員の四割近くが現地駐在員などの日本人だ。週末になると、プレーヤーの八割を日本人が占めるということだ。

そのゴルフ場で新市たちを待っているのは株式会社『MT開発』という観光会社の社員だということだった。

『MT開発』がどんな会社なのか、何のためにそこの社員が新市に会うのか桜木は知らない。

知りたいとも思わなかった。

ヤクザなどにこれ以上関わりたくない。

しかし、そのゴルフ場に着き、クラブハウスで『ＭＴ開発』の社員に会ったとき、だいたい事情がわかってしまった。

『ＭＴ開発』の社員は二人いた。桜木は、すぐに彼らもヤクザであることに気づいた。

『ＭＴ開発』は、泊屋組が作った会社だ。ＭＴは、組長・泊屋《とまりや》通雄《みちお》の頭文字だ。暴力団新法により、国内での活動が思うにまかせなくなった暴力団は、次々と海外に進出していった。

暴力団は主にハワイと東南アジアに資金源を獲得しようとした。

『ＭＴ開発』もそういった目的で作られた会社だ。

新市に会いに来ていたのは、取締役営業部長の島田弘《しまだひろし》と営業課長の江守義明《えもりよしあき》のふたりだった。

島田は四十八歳、江守は三十七歳だった。ふたりともよく日焼けをしている。

島田は首が太く目が大きい。見るからに頑丈そうな体つきをしている。押し出しの強いタイプだ。

江守は髪を角刈りにしている。頬がこけており、不健康そうな唇の色をしていた。

島田は新市に会うと傍若無人に、大声で言った。

「おう、章吾。元気そうじゃねえか。え?」

新市は一礼して言った。

「兄貴。ご無沙汰しております」

「兄貴はよせよ、兄貴は……。取締役営業部長だぜ、俺は」

「は……」

桜木は、新市の慇懃《いんぎん》な態度を見てまたいやな気分になった。

新市はこの慇懃さで、残忍さを包み隠しているのだ。

島田は江守を顎で示して言った。

「こいつのことは知ってるな?」

「はい」

今度は江守が丁寧に頭を下げた。

「しばらくです、若衆頭《かしら》」

新市はうなずいた。

島田が言った。

「この江守も今じゃ営業課長だよ」

「組長《おやじ》に、揉め事を片づけてこいと言われてきたんですが……」

「済まねえな……。現地の人間だといろいろやりにくいこともあってな……」

「いえ、ほかにも仕事がありますから……。それで……？」

「うん。詳しくはコース回りながら説明しよう」

島田は桜木のほうを見た。「この人は？」

新市がこたえた。

「『伊曾商』マレーシア支店の人です」

「ああ、本家の……」

「案内をしてもらってます」

「ごくろうさん。あんたもいっしょに回るかい？」

島田に言われて桜木哲治は愛想笑いを浮かべた。

「いえ……。私はここで待ってます」

「何だいゴルフは嫌いかい？」

「ええ……、苦手なんです」

「そうかい。残念だな。いいコースだよ。じゃ、ハーフで戻ってくるから……」

ヤクザたちは連れだって出て行った。

桜木はぐったりと疲れていた。

ゴルフが苦手というのは嘘だった。うまいというほどではないが、そこそこのスコアで回る。どちらかといえば好きなほうだ。

だがいっしょにコースを回る人間が問題だった。彼はクラブハウスのレストランへ行き、冷たいミネラルウォーターを注文した。水を飲むとようやく落ち着いた気分になった。

早くヤクザどもから解放されたい——彼はまたそんなことを考えていた。

「いいコースだろう」

島田は新市に言った。「林もあるし芝生の緑もある。なのに、環境保護団体はゴルフ場を作るのに反対している。工場や住宅を作るのに反対するならわかる。だが、ちゃんと芝を植えて育てるんだ。考えてみりゃ公園と同じじゃねえか？　おい、おまえ、どうして住民や環境保護団体がゴルフ場を作るのに反対するのかわかるか？」

「土地の人間はゴルフなどやらないからじゃないですか？」

「おう。俺もそう思う。やつら、ひがんでやがるのよ」

「『MT開発』はゴルフ場を作ろうとしているんですか?」

「そうなんだ。土地はもうおさえてあるんだ。ゴムの農園だったところだ。今じゃほとんど使われていないんだ。貧乏ったらしい農家が何軒かあるだけだ」

新市はフェアウエイの右端にあったボールを五番アイアンで打った。

「農家があるんですか……?」

「なに、どうってこたあねえ。札束で面をひっぱたいてやりゃあいい。言うことをきかないときにゃ俺たちなりのやりかたってもんがある」

「そうですね……」

「面倒なのは、環境保護団体だ。『地球の子供』という世界的な組織がある。マレーシアにもその事務局があってな……。そこの連中がゴルフ場開発にまっこうから反対してるんだ。こいつら金じゃ言うことを聞かねえ」

「脅しは?」

「世界の組織を背負ってるんでな……。けっこう強気なんだよ」

「脅しかたが足りないんじゃないですか? どんな組織を背負《しょ》ってたって、親兄弟を殺されりゃ考えますよ。恋人やつれあいを犯して日本でフーゾクにでも叩き売りゃ俺たちの言いたいこともわかってもらえるでしょう」

今度は島田がアドレスした。ずいぶんとゴルフ場に通っているらしく、ボールはフェアウエイの中央にあった。

やはり五番アイアンでボールを打った。島田はその球の行く方を眼で追いながら言った。

「言いたいことはわかる。だがなあ……」

ボールが落ちたあたりを見極め、島田は新市のほうを見た。「俺たちは現地に住んでいる。あまりやばいことはできんのだ」

「なるほど……。わかりました。あとは自分にまかせてください」

「こいつはたのもしい。なあ、おい」

島田は課長の江守に同意を求め、笑った。江守は、一言、はい、と言っただけだった。


「明日は『MT開発』の人が案内してくれる。別行動だ」

クラブハウスに戻ってきた新市が桜木に言った。

桜木は歓声を上げげたい気分だった。彼は言った。

「ではホテルまでお送りしましょうか？」

「いや、ホテルも『MT開発』が用意してくれた」

「シャングリラだよ」

島田が言った。「私らね、客のもてなしにゃ気ィ使うんですよ」

桜木はパークロイヤルを予約していた。パークロイヤルも高層の一流ホテルだが、シャングリラは、部屋数がその倍ほどあり、さらに高級な感じがする。

新市は桜木に言った。

「俺はこのまま、『MT開発』が用意した車で行く。明後日《あさって》の午《ひる》ごろ、ホテルに迎えに来てくれ」

「わかりました」

彼らはビールを一杯飲むと、黒塗りのクラウンで去って行った。本来ならメルセデスを乗り回したいのだろうが、海外ではさまざまな事情がある。

新市は、長時間待たせ、そのままひとりにしてしまうことを、謝りもしなかった。だが、桜木はそんなことはどうでもよかった。とにかく、一日だけでも彼らから解放されたことがありがたかった。

その夜、彼はホテルをひとり出て、楽しく飲み歩いた。

　翌日の午前中に、新市は島田と江守に連れられて造成予定地にやってきた。クアラルンプール中心地から車で四十分ほどの場所にある。

　枯れた葉をぶら下げているゴムの木が立ち並んでいる。大部分は草原だ。ところどころに灌木が茂っている。

　四軒の農家が固まっていた。

　その家の周囲にささやかな田畑がある。

　車で進むと、道がパームの木やこわれた木箱で作られたバリケードに行き当たった。

「これだよ」

　島田はいまいましげにつぶやいた。「このあいだきれいに片づけたばかりなのに……」

「こりゃ、何のまねです?」

　新市は島田に尋ねた。

「ブロック・バリケード——普通ブロケードと呼ばれている。何でも、ボルネオのほうの原住民が、森林伐採に反対して始めたということだが、環境がどうのとぬかしやがるやつらの間にあっという間に広まっちまった」

「こいつは違法なのでしょう?」

「地元の警察も手を焼いているのさ。厳密に言うとここから私有地になるので、警察も強いことは言えない」

「やりようはいくらでもあるような気がしますが……」

「まあな……」

島田は車を降りた。新市もそれに続いた。島田は舌打ちするとブロケードを靴の底で蹴った。

新市は同行していたふたりの若い衆に命じた。

「おい。こいつを片づけろ」

若い衆はすぐさま作業に取りかかった。たちまちふたりは汗まみれになった。

パームの丸太が一番重かった。それを持ち上げて道路の脇へ運ぶのに、江守と新市も手を貸さなければならなかった。

農家のほうからふたりの男がやってきた。色の浅黒い現地人だ。ひとりは中年で、もうひとりは若い男だった。

中年男は小太りで、若い男はやせていた。

「来やがった……」

島田が言った。

「何です?」

新市が尋ねる。

「農家の連中に余計な知恵をつけてるやつらだ。しょっちゅう農家に出入りしている。『地球の子供』から来たやつらだ」

新市は冷やかにそのふたりを見つめた。若い衆が新市の顔色をうかがった。彼らはこれから何が起こるのかを予想しているのだ。

中年男のほうが何かを言った。

「何を言ってるんだ?」

島田は江守に尋ねた。江守がこたえた。

「ブロケードをもとどおりにしろ、と言ってます」

新市は江守が英語を話すことを思い出した。いわゆるインテリ・ヤクザというやつだった。新市は江守の声がひどく陰気な気がした。

新市は江守に言った。

「さっさとここから出て行け、と言え。農民たちも立ちのかせるんだ、と」

江守はそれを伝える。

中年男はおだやかにかぶりを振った。中年男の言葉を江守が通訳する。

「州政府に働きかけ、このゴム農園の跡地には、木の苗を植えるのだと言ってます。自分たちの子孫に森林を残すために……」

新市は言う。

「子孫のことを考えるより、てめえの命のことを考えろと言え」

江守が通訳すると、中年男があくまでもおだやかにこたえた。

「自分には世界の人類に対する責任がある。命はもちろん大切にするが、環境は命と同じくらい大切だと思っている。子孫たちも緑のなかで生きる権利があるからだ――そう言ってます」

新市は言った。

「ならば、環境とやらのために死ね」

江守がそれを通訳すると、若い男のほうが猛然と抗議してきた。

新市はその若い男をうるさそうに押しのけ、中年の男の頬に拳を飛ばした。

中年の男はよろめいた。今度は顎を下から打ち抜く。

中年の男はあおむけにひっくりかえる。新市は、そのあばらを蹴り降ろした。

相手の男は地面の下で苦しげにもがいた。新市は容赦なく、その男の腹を蹴った。

新市の表情はまったく変わらない。彼は農夫が農作業をやるように、大工が釘《くぎ》を打つように、ただあたりまえのことをしているといった態度で中年のマレーシア人を痛めつけた。

若い男が新市にしがみついた。

新市はその若者の鳩尾《みぞおち》に膝蹴りを入れた。若い男は体をくの字に折ってうめいた。

新市はそれをつき飛ばした。そして、若い衆に命じた。

「そいつを押さえておけ。何があっても離すな」

中年のマレーシア人は、地面の上で弱々しく苦悶している。暴力を振るわれても、その男の表情は毅然《きぜん》としていた。

新市はその態度が面白くなかった。彼は、中年男の腹にもう一度蹴りを入れると、さっとクラウンの運転席にすべり込んだ。

エンジンをかける。

クラウンは一度バックした。

その場にいた連中は、新市が何をしようとしているのかわからず、ただ立ち尽くしていた。

クラウンの後輪が猛然と回り出し、土埃《つちぼこり》を上げた。タイヤの焦《こ》げる臭いがする。

次の瞬間クラウンはダッシュした。そのまま倒れているマレーシア人に突っ込んでいった。すさまじい悲鳴が聞こえた。

その場にいた全員が凍りついたように動かなくなった。

ややあって、マレーシア人の若者が大声を上げた。

クラウンは、中年の男の体に乗り上げバウンドした。前輪と後輪の両方が男の体の上を通過した。

エンジン音に混じって骨が砕ける音がはっきりと聞こえた。

マレーシアの若者は叫び続けている。

日本のヤクザたちは、ただ茫然と目のまえで起こっていることを見ていた。

クラウンは一度停車し、バックしてもう一度中年のマレーシア人を轢いた。

クラウンはもとの位置に停まった。運転席のドアが開いて新市が降りてくる。

平然としている。

マレーシアの若者が新市の手下をふりほどいて、中年男に駆け寄った。号泣している。

道路にはおびただしい血が流れていた。中年の男はぴくりとも動かない。

新市は島田に言った。

「最近はマレーシアでも交通事故が多いみたいですね」

島田はにやりと笑ってこたえた。

「ああ。そのとおりだ。さすが、章吾だな……」

若者は号泣を続けている。

新市は江守に言った。

「あの若造が、妙なことを口走らないように釘を刺しておけ」

江守は若者に近づいて、何かを話した。若者は聞いていないように見えた。

島田たちはクラウンに乗り引き上げた。どこかで車体についた血を洗い流さねばならなかった。

クアラルンプール市街へ向かう途中、救急車とすれ違った。島田と新市はそれを見て、いたずらの成功を喜ぶ子供のように笑った。

6

イポー市郊外の村から、『地球の子供』マレーシア事務局に電話をしたアリマナールは、顔色を変えてレラ・ヤップや佐伯たちがいる部屋に戻ってきた。

そこは村の長老の家の広間だった。

「どうしたの？」

レラがアリマナールに尋ねた。アリマナールはこたえた。

「アハマッドが車に轢かれたそうだ」

レラが椅子から立ち上がった。

「それで容態は？」

「病院に運ばれたが、意識不明の重体だということだ」

景子は佐伯にふたりのやりとりの内容を教えた。

佐伯は尋ねた。

「アハマッドというのは誰だ？」

景子が通訳し、レラがこたえた。

「私たちの先輩であり、よき指導者です。早くから環境問題にたずさわっていました。『地球の子供』マレーシア本部の中心的な人物のひとりなのです」

「どこで事故にあったんだ?」

佐伯が訊くと、アリマナールがこたえた。

「クアラルンプール郊外だということだ」

レラの表情が険しくなった。

佐伯はそれを見逃さなかった。

「どうした?」

佐伯が尋ねる。「アハマッドという人物がクアラルンプール郊外にいたのが何か問題なのか?」

景子が通訳すると、レラは、まず佐伯の顔を一瞥《いちべつ》した。

それからアリマナールの顔を見る。アリマナールもレラの顔を見ていた。

ふたりの意味ありげな態度が気になった。佐伯の気持ちを察知したように景子がレラに言った。

「何か事情がおありのようですね。話していただけませんか?」

レラがこたえる。

「いえ……。憶測でものをしゃべりたくはないので……」

アリマナールがこらえきれぬ様子で言った。

「憶測なものか。アハマッドが車に轢かれた場所は例の場所に違いないんだ」

「例の場所？」

景子が尋ねた。

「アリマナール。よして」

レラが制止したが、アリマナールはしゃべるのをやめなかった。

「日本の業者がゴルフ場を作ろうとしている土地だ。アハマッドは、ゴルフ場を作ることに反対して、土地に残っている農民とともに運動を続けていたんだ」

景子はそれを佐伯に伝えた。

「土地は誰のものなんだ？」

「かつてゴム農園を経営していた地主のものだったが、それを日本の業者が借り受けた形になっている。借地の契約は事実上、無期限のはずだ。地主は土地よりも外貨が欲しいんだ。日本人に貸していればずっと円が手に入り続けるのだ」

「ならば、反対運動をしても無駄だろう」

「その土地には、農家が四軒あるのです。かつてゴム園で働いていた農民のうち、彼らだけがそこに残りました」

レラが言った。「ゴム園があった時代からの契約で、その農民たちには土地が貸し与えられているのです。その契約はまだ効力を持っています」

景子に通訳してもらい、佐伯は考えた。そして言った。

「つまり、日本人が借り受けた土地は、その農民が使っている土地を除いた部分ということになるのか……」

レラはうなずいた。

「そうです。農民が使っている土地はほんの一部でしかありません。ですが、彼らがそこを立ち退かない限り、ゴルフ場の造成はできないのです。アハマッドはそこにいち早く眼を着け、農民を説得し、励まし、運動を作り上げてきたのです」

アリマナールが言う。

「マレーシアは今、ゴルフ場の建設ラッシュだ。七〇年代には四十五カ所しかなかったゴルフ場が、今では八十カ所に増えている。さらに、建設中、あるいは計画が合わせて二十カ所ほどある」

佐伯が言った。

「そのうち、日本の企業はどれくらいタッチしているんだ？」

「クアラルンプール周辺に三カ所、ジョホール州に四カ所、日本企業が経営している
るゴルフ場ができている」

「なるほど……」

佐伯は考えた。「ゴルフ場を作るというのはデメリットばかりではないと思うが
……？」

景子がそれを通訳すると、アリマナールが意外そうな顔で佐伯を見た。彼は言った。

「いったいどんなメリットがあるというんだ？」

景子が通訳し、佐伯がこたえる。

「地域の観光資源になるし、雇用が確保できる」

それを聞いたアリマナールは吐き捨てるように言った。

「やっぱり日本人だな……」

「およしなさい、ニール」

レラは言い、佐伯のほうを見た。「あなたは今、地域のためになるとおっしゃいました。でもそれは、一部の企業家や政治家のためになるのであって住民のために

なるわけではないのです」

「具体的に教えてくれないか？」

「クアラルンプール近郊に、日本の企業が経営しているゴルフ場があります。ここは白い山塊で有名な公園に隣接しています。その公園は住民たちの憩いの場でした。でも、ゴルフ場が公園への道を閉ざし、住民たちは事実上公園を失ったのです。かつて、そのあたりの川では大きな魚がとれました。住民たちはその魚を食べていたのです。しかし、ゴルフ場で使用する農薬のせいで魚はいなくなりました。魚ばかりではなく鳥すらも消えてしまったのです」

景子が通訳する。佐伯はその言葉に耳を傾けていた。

レラは続けた。

「ゴルフ場のそばに住む住民はそうした被害を受けているのです。彼らはもちろん、ゴルフ場の会員権など買えません。会員権は約三万六千マレーシア・ドルです。こちらではちょっとした家が一軒買える値段なのです。それを日本人は現金で買っていくそうです」

三万六千マレーシア・ドルは約百八十万円だ。

「いつもながら、そういう話を聞くと、同じ日本人として恥ずかしくなってくるな……」

佐伯が言った。レラはさらに続けた。

「ゴルフ場の問題は農薬だけではありません。広大な自然を切り開くこと自体が問題なのです。ゴルフ場造成のために山林を切り開かねばなりません。ご存じのことと思いますが、熱帯林は生物の種《しゅ》の宝庫なのです。熱帯林は全陸地の六パーセントを占めるに過ぎませんが、地上の動植物の半数以上の種《しゅ》がそこに生息しているのです。ゴルフ場はその種のすべてを殺し、芝というイネ科の植物だけに置き替えてしまうのです。これが、私たちの未来を考えるとき、最大の問題だと言えるでしょう。確かにあなたが言ったとおり、ゴルフ場は、わが国に外貨をもたらしてくれるかもしれません。でも、それによって失われるものが、あまりにも多過ぎるのです。そして今度、アハマッドの事件が起きたのです」

佐伯はうなずいた。

「よくわかったよ」

アリマナールが言う。

「ヤクザがマレーシアの自然を破壊して金儲けをするなんて許せない」

アリマナールは『ヤクザ』を日本語で言った。今や『ヤクザ』は世界の共通語なのだ。

　その一言に佐伯が反応した。彼は言った。

「ヤクザがどうしたって？」

　景子がアリマナールに尋ねる。アリマナールはこたえた。

「アハマッドが反対運動をしていた相手は、日本の観光会社だと名乗っているけど、実際はヤクザみたいな連中なんだ」

　説明を聞いて佐伯は言った。

「ヤクザみたいな連中なのか、本当のヤクザなのか、その点が重要なんだ。何という会社だ？」

「『ＭＴ開発』という会社だ」

　佐伯は景子に言った。

「内村所長に電話をして、調べてもらってくれないか」

「わかりました」

　景子はすぐに立ち上がって電話のところへ行った。

　内村はたったひとりであの研究所にいるのだろうか――佐伯はふとそう思った。

　レラとアリマナールは、小声でしきりに何かを話し合っていた。英語ではなかった。

佐伯はふたりが何を話しているのか気になったが、尋ねることもできなかった。英語くらいは身につけておくべきだな——佐伯は心のなかでつぶやいていた。

佐伯はレラとアリマナールのやりとりをぼんやり眺めていた。

しばらくして景子が戻ってきた。景子は言った。

「株式会社『ＭＴ開発』は、泊屋組が出資して作った会社です。暴力団新法の対策で、海外進出を狙ったのだろうと所長は言っていました」

佐伯はいつもの鋭い眼差しになった。彼は言った。

「やはり暴力団新法などザル法だ。暴力団は国内の恥を海外に持ち出しちまった」

「どう思います？」

景子に尋ねられ、佐伯は訊き返した。

「何がだ？」

「泊屋組が作った会社に抵抗している活動家が瀕死《ひんし》の重傷を負った……。この村の住人がふたり殺されたのと関係あるとは思いませんか？」

佐伯は少しばかり驚いていた。景子が自分の考えを前面に押し出してぶつけてくるとは思わなかったのだ。

彼女はいつも秘書役に徹しているものと思っていた。

まるで、所長が乗り移ったようだ、と思った。佐伯は言った。

「関係あると思ってる。事故でないとした場合、人を車で轢き殺そうとするなんてのは、ヤクザのやり口だ。特に新市のやつなら平気でやる」

景子はうなずいた。

「どうやら、マレーシアでの新市の仕事はひとつではなかったようですね」

そのとき、戸口からマライ語が聞こえた。レラがうなずき、景子に告げた。

「葬儀が始まるそうです」

景子がそれを佐伯に伝える。

一同は立ち上がった。

イスラム教による葬儀だった。老婆と幼児の合同の葬儀だ。

幼児の母親はまだひどい精神状態で参列できないということだった。

葬儀が終わると、アリマナールが言った。

「クアラルンプールに行って、アハマッドの容態を見てきたいんだけど」

佐伯はうなずいた。

「もちろんかまわない」

そして、さらに彼は言った。「できれば、彼がどうやって車に轢かれたのか、詳しく調べてきてほしい」

レラが眉をひそめる。

「それはどういう意味ですか？」

佐伯はこたえた。

「事故だったのか、そうでなかったのか……。知っている者がいるかもしれない。もちろん、本人に話が聞ければ何よりだが……」

アリマナールは佐伯が言いたいことを理解したようだった。

彼は言った。

「何とかやってみるよ。今夜の最終バスで発《た》つ」


アハマッドは、ブキッ・ナナス公園近くのアンバン通り沿いに建つ病院に入院していた。

肋骨《ろっこつ》が四本折れ、骨盤も骨折していた。内臓の損傷もあった。胸を圧迫されたため、気胸を起こしていた。

外傷は数え切れないくらいだった。病院に運ばれたときに大量の出血できわめて危険な状態だった。

実際、アハマッドが助かったのは奇跡に等しかった。頭部が無事だったことが大きな理由だった。

アハマッド本人の生きようとする意志の強さも奇跡を起こすために一役立ったに違いない。

とにかく、ニール・アリマナールが病院に着いたとき、アハマッドは生きていた。集中治療室で点滴や心電図、血圧計、酸素吸入器、除痰のための管など、さまざまな管や電線を体から四方に伸ばし、二十四時間、休みなく容態を監視されねばならなかったが、確かに生きていた。

病院には『地球の子供』マレーシア本部のメンバーが何人か来ていたし、アハマッドの家族も来ていた。

アハマッドには子供がいない。彼の妻、リンが、病院に泊まり込んでいるという。アハマッドとともに環境問題について活発に運動している彼女だが、さすがにひどくやつれて見えた。

アリマナールは、リンに挨拶をしてから、『地球の子供』マレーシア本部のメンバーのところへ行った。

彼はまず、アハマッドと同じく組織の中心的な立場にある人物に尋ねた。

その男は事務局長だった。

「どうなんです？」

「何とかもっているよ。今は、そうとしか言えない」

「意識は？」

「一度も戻っていない」

「事故なんですか？」

事務局長より、周囲にいた人々がその問いに反応した。彼らは、難しい表情で互いの顔を見合った。

アリマナールはそれに気づいた。

事務局長が言う。

「詳しいことはわからない。警察が調べているが、まだ結論は出ていないのだ」

アリマナールはそれ以上事務局長に尋ねることを思いつかなかった。彼は事務局長のもとを離れた。

事務局長に訊くべきことはなかったが、その他のメンバーには尋ねたいことがあった。

アリマナールは、年齢が近く普段から親しくしている『地球の子供』のメンバーに近づいた。

その若者はソンと呼ばれていた。彼は中国系マレーシア人だった。

アリマナールは他の連中に聞こえないようにそっと言った。

「何があった?」

ソンはそっと周囲を見回した。

「ちょっと、こっちへ……」

彼はそう言って、廊下の角のところまで行き、その角を曲がった。

アリマナールは黙ってついて行った。

ソンは立ち止まり振り返った。アリマナールも立ち止まる。

ソンはアリマナールの顔をじっと見すえて言った。

「ウォルターがアハマッドといっしょにいたんだ」

「それで……?」

「ウォルターはひどいショックを受けてまともに口がきけない状態だ。いったい何が起こったのかわからない」

「どこにいるんだ、ウォルターは？」

「この病院にいる。だが、面会はできないんだ。医者の話だと、一時的な錯乱状態だそうだ。今ごろは鎮静剤で眠っているはずだ」

「アハマッドは大けが、ウォルターは精神的なショック……」

アリマナールは眉をひそめた。「いったい何が起こったんだ……」

「わからない。だが、普通じゃない何かが起こったことは確かだ」

アリマナールはソンの顔を見つめた。

「例えば、ヤクザがアハマッドを車で轢き殺そうとした、とか……」

ソンはそっと周囲を見た。

アリマナールとソンの会話に注目している者などひとりもいない。

夜中の病院はしんと静まりかえっている。

ソンはアリマナールに眼を戻し、言った。

「そうだな。そういうことがあれば、今のウォルターの状態は説明がつくかもしれないな……。もし、目のまえでそんなことが起こったら、僕だって普通じゃいられないと思う」

アリマナールの眼の奥に、怒りの色が浮かんだ。

「僕は今、『マレーシアン・レアメタル』事件の村にいる。その村では、やはり、ひどいショックを受けて立ち直れずにいる女性がいる。彼女はヤクザに子供を殺されたんだ。それも自分の腕に抱いたまま」

ソンがわずかに顔色を変えた。彼は何も言えないようだった。

アリマナールは言った。

「もし、このままアハマッドが死ぬようなことがあったら、僕はアハマッドをこんな目にあわせた人間を許さない」

「待て、ニール」

ソンが言う。「まだ、何も明らかになっていないんだ。だから、事務局長《チーフ》も僕らに軽はずみな発言はしないように、と厳しく命じたんだ」

「何も明らかになっていないだって？」

アリマナールは言った。「アハマッドとウォルターがどんな状態なのか、話を聞けば何が起こったかは明白じゃないか」

「待てよ。せめて、ウォルターが落ち着いてちゃんと話ができるようになるか、アハマッドが意識を取り戻すまで……」

アリマナールは怒りの眼差しでソンを見ていたが、やがて穏やかな表情を取り戻して言った。

「わかった。君の言うとおりだ」

「無茶はしないでくれ」

「わかってる」

アリマナールは、ソンに背を向け、集中治療室のほうへ向かった。

7

佐伯はベッドに横たわっていたが、なかなか眠れなかった。

蒸し暑いせいもあった。だが、それだけではない。

眠りかけると、新市《あたらいち》の顔が脳裡に浮かび、怒りで目が覚めるのだ。

新市のやり口は、佐伯の知る限りでは暴力団の典型だった。弱い者に対しては、わずかの情けもかけない。

暴力団員が仁義だの仁俠だのというのは、自分より力のある人間や利害の一致する人間に相対したときだけだ。

佐伯はそのことを知り尽くしていた。

だから、映画や劇画などで暴力団が美化されているのを見ると、いつも佐伯は怒りを覚えた。

最近は少年漫画の世界で、そうした嘘っぱちを描く漫画家がいて、その無責任さに、心底腹を立てていた。

大人が嘘と知りつつ仁俠のフィクションを楽しむのはまだいい。

だが、子供に暴力団員への憧れを抱かせるような物語を許す気にはなれなかったのだ。

彼は寝返りを打った。

Tシャツが汗で濡れていた。着替える気などなかった。

着替えてもまた、すぐに同じことになってしまう。

ベッドには蚊帳《かや》がかけてある。窓は開け放たれている。そこからすさまじいほどの夜の音が流れ込んでくる。

ありとあらゆる虫の音、蛙の声、その他夜行性の小動物の声……。

佐伯は上半身を起こした。大きくひとつ息をつく。どうやら眠れそうになかった。

ひょっとしたら、俺は、新市がやってくることを恐れて緊張しているのかもしれない――佐伯は思った。

ヤクザを恐れない人間はいない。

それはもと捜査四課の佐伯でも同様だ。一般の人々が知らないような実状を知っているから、本当の恐ろしさを知っているとも言える。

だが、彼は逃げるわけにはいかない。その思いだけでこれまでやってきたのだった。

いや、俺は恐れているのではない。怒っているのだ——彼はそう考えた。

事実そのとおりだったかもしれない。

刑事の時代からよく起こることだが、ある瞬間から、怒りが恐れに勝ってしまうのだ。

新市のような人間を生かしてはおけない——佐伯は思った。

村人たちの話から判断して、新市は銃を持っていない。だが、九寸五分の匕首《あいくち》は持っているようだ。

新市ほどの残忍さがあれば、拳銃などさほど必要ない。また、彼は刃物に充分慣れているはずだった。

佐伯は、『佐伯流活法』に伝わる手裏剣《しゅりけん》術を得意としていた。自作の棒状手裏剣が自宅に置いてある。

海外旅行とあって、さすがに手裏剣を持ち歩くのははばかられた。出入国の際に没収されるかもしれない。

手裏剣に代わる武器を用意したかった。

パチンコ玉のようなものでもいい。『佐伯流活法』には『つぶし』という技が伝わっている。

中国武術でいう『如意珠《にょいしゅ》』と同様の技だ。

小さな鉄などの玉を人差指の腹にのせ、親指で弾くのだ。

佐伯はこの技に精通していて、五メートルほど離れていても、正確に命中させることができる。

また三メートル以内なら、木にパチンコ玉をめり込ませることができる。

また『つぶし』には、指先で玉をつまみ、手首のスナップで投げる方法もある。

当然こちらのほうが強力だ。

手首のスナップを使う『つぶし』の場合、佐伯は五メートル以上離れていても木立ちにパチンコ玉を深々と埋め込むことができた。

武器の段取りを考えると少しばかり落ち着いてきた。

佐伯は再び横になった。今度は朝まで眠ることができた。


佐伯は、早朝に目覚めた。

熱帯の巨大な太陽はまだ高く昇ってはいない。

湿度が高いせいで、朝もやがかかっている。昨日は葬儀やら何やらで忙しかった。

佐伯は一度大きく伸びをすると、外へ出て体を動かすことにした。

あと一時間もすれば、日が高くなり、うだるような暑さが襲ってくる。

佐伯は、村のなかに立っているココヤシの木に歩み寄った。

そのまえで、まず、両足を肩幅に取って立つ。そしてその幅と同じくらい左足を引く。

そして、両膝《ひざ》を曲げた。

『佐伯流活法』独特の立ちかたになる。これに似た立ちかたは、日本の空手や拳法の基本にはあまり見られない。

強《し》いて言えば、沖縄少林流から発した空手道常心門の『十三《セーサン》立ち』が近い。

また、中国武術に精通している人なら、形意拳《けいいけん》の立ちかたによく似ていると思うはずだ。

形意拳ではこの立ちかたを『剪股子《せんこし》』と呼ぶ。体が決して前のめりにならない姿勢なのだ。

佐伯はその姿勢から、てのひらを交互に突き出した。てのひらでココヤシの幹を打つ。

拳法の練習というより、相撲の『てっぽう』のようだった。

事実、『佐伯流活法』ではまず第一に、掌打に体重を乗せる稽古《けいこ》をする。そのために、空手の基本稽古のように、空突き、空蹴りは滅多にやらない。

体重が乗るようになると、今度は、その体重を自在に操って、一瞬のうちに大きな力がてのひらに伝わるように技を練っていく。

このときに、体のうねりを利用する。

例えば、後方の足で地面を強く踏みつけた反作用を、膝の伸び、腰のひねり、肩のひねり、肘《ひじ》の伸びと順次増幅させていき、てのひらから対象物に伝えるといった具合だ。

このとき、体のうねり、あるいは関節の螺旋《らせん》運動がきわめて大切になる。

もうひとつ大切なのは呼吸法だ。臍下丹田《せいかたんでん》に力を込め、打つときに一瞬にして息を吐く。

それによって打撃の威力は数倍にもなるのだ。

『佐伯流活法』では掌打のことを『張り』と呼んで拳で突くことよりもむしろ重視している。

『張り』には、まっすぐに突き出すやりかたと、横から打つやりかたとがある。いずれも体のうねりが最も大切だ。

特に横からの『張り』には、体の螺旋運動が重要になってくる。体――特に下半身の動きを利用しなければ、ただのビンタになってしまう。

また、拳で突くことを、『佐伯流活法』では『撃ち』という。たいていは、胸のまえで構えた状態から、相手の体のむこうへ撃ち抜くように突き出す。拳を使う場合も、体の使いかたは『張り』と同じだ。

佐伯は、まっすぐ突き出す『張り』のあと、左右の『張り』をココヤシに打ち込んだ。

空手の突きのような衝撃力は感じられない。おそらく、空手の高段者が同じココヤシを突いたなら、ココヤシは大きく揺れるだろう。

だが、『佐伯流活法』の『張り』のおそろしさは、力がすべて内側へ浸透していくという点にあった。

いつしか、佐伯は汗をたっぷりとかいていた。着ていたTシャツが背中にぴったりと貼りついている。

気づくと、村の子供たちが佐伯のうしろに立ち、興味深げに見上げている。なかには佐伯のまねをしている子供もいる。佐伯はまねをしている子供を見て言った。

「うまいじゃないか。筋がいい。跡を継ぐか？」

出入口から、何人かの女が現われて、小さな子供を抱き上げ、残りの子供を追い立てた。

子供の母親たちなのだろう。

去って行く子供たちを見て、佐伯はつぶやいた。

「大人たちにゃ、あまり好かれてないようだな……」


村の長老は、佐伯たちに朝食を用意してくれた。

その席で佐伯は景子に言った。

「調達したいものがある。村の人に交渉してくれるか？」

景子は事務的に言った。

「ものによりますが……」

「たいしたものじゃない。パチンコの玉のようなものと、長目の釘があればいい」

景子には、佐伯が何を考えているか想像がついたはずだ。だが、それをまったく表情に出さず、長老とその家族に向かって佐伯の言葉を伝えた。

長老の家族は怪訝《けげん》そうな顔をした。長老はひとり泰然としている。

「鉄の小さな玉に長い釘……」

長老はつぶやき、彼の息子のほうを向いた。息子はすでに四十歳を過ぎており、村の実力者のひとりのようだった。

息子に向かって長老は言った。

「どこで手に入るかな……」

長老の息子は、まだ訝《いぶか》しげな表情をしている。だが、彼は訊かれたことにこたえなければならなかった。

「サムのところに行けば、何とか……」

長老はうなずいた。

「朝食が済んだら案内してさしあげなさい」

それで彼らの会話は終わった。

佐伯は景子に、どうなったのか、と尋ねた。景子はふたりの会話を佐伯に伝えた。

食事が済むと、長老の息子が佐伯のところへ来て何ごとか言った。

あまり友好的な態度とは言えなかった。だが佐伯は平気だった。反感を持たれるのには慣れている。

「サムのところに案内すると言ってます」

景子が告げた。

佐伯はうなずいて立ち上がった。長老の息子は黙って外へ出て行った。

佐伯と景子がそのあとを追った。『地球の子供』のレラ・ヤップは家に残った。

長老の息子は、村のなかにある丘のほうへ向かった。その丘の上には『マレーシアン・レアメタル』社のモナザイト採掘所がある。

その丘の手前に、さまざまな機械の残骸のようなものが積んである場所があった。

近づいていくにつれ、それは残骸ではなく修理中の各種の機械であることがわかった。

パワーショベルのアーム、何かのエンジン、さく岩機、バイク、ミキサーのようなもの……。

その鉄のオブジェの奥に小屋といったほうがいいような家があった。

そこがサムの家だった。

サムは何かの機械のまえでもう作業をしていた。熱帯の国の住人にしては働き者のようだ。

長老の息子はサムに声をかけた。

サムは驚いたように立ち上がり、カーペンターズ・キャップを取った。

長老の息子に敬意を表しているのかもしれない。あるいは何かの理由でおびえているのか――。

確かにサムはおどおどしているようだった。長老の息子が何かを言うと、サムは、何度もうなずいて、家のなかに入っていった。

出てきたとき、彼はミカン箱ほどの木箱をかかえてきた。

その箱をあけた。なかには、さまざまな大きさの釘や木ネジが詰まっていた。一度使ったものをどこかから集めてきたもののようだ。

佐伯はそれを見て、なつかしい気がした。今の日本では、使い古した釘をわざわざ拾い集めるような人間はいない。

だが、佐伯が幼いころには、古い釘を金槌で叩いて伸ばし、取っておいたものだった。

佐伯はしゃがんでその箱のなかをかき回した。なかには五寸釘よりも大きい犬釘が混じっていた。

鉄道の枕木などを止める釘だ。佐伯はその犬釘を十本選び出した。犬釘の長さは約二十センチある。

犬釘の重さを計るようにてのひらの上で弾ませると、佐伯は立ち上がり、長老の息子にうなずきかけた。

長老の息子は、またサムに何か言う。サムは、釘の箱をそこに置いたまま、こわれた機械が積み上げてある一角に向かった。

長老の息子、佐伯、それに景子はそのあとについて行った。

次第に、サムがおどおどしているのに理由などないことが佐伯にはわかり始めた。サムはそういう性格なのだ。機械いじりが好きになったのは、その性格のせいかもしれない——佐伯はそう思った。

刑事時代の習慣で、つい初対面の人間を観察してしまうのだった。

サムはどうやら、ジャンク屋兼修理屋、そしてちょっとした大工仕事もこなす男のようだった。

村や採掘所では重宝がられているに違いない。

サムが何かの部品を引っ張り出した。四十センチ四方ほどの鋼板を二枚重ね合わせたような形をしている。

大きなエンジンか何かの一部のようだ。その四角い二枚の鋼板には、円形の穴があいている。

サムは腰の袋からドライバーを抜き出すと、その穴の部分についている部品を外し始めた。

佐伯は何をしようとしているのかわからなかった。しかし、すぐにサムの考えていることに気づいた。

穴にぴったりと合わさっていたカバーを外すと、ベアリングの玉が見えた。

パチンコ玉より二回りほど小さい。直径七ミリから八ミリといったところだ。ちょうど鉛筆の太さほどの直径だ。

質量が小さいと威力は落ちる。だが、『つぶし』としては立派に役に立ちそうだった。

ベアリングの玉は二十四個あった。数は充分だった。

油にまみれたベアリングの玉を取り出し、佐伯はてのひらに乗せた。それをズボンのポケットに入れる。

「グラインダーはあるかどうか訊いてくれ」

佐伯は景子に言った。景子はサムに伝える。

サムは何度もうなずき、小屋を指差した。

小屋のなかに入ると、暗くて何も見えなかった。外の日差しがまぶしすぎるのだ。

佐伯は、それもなつかしいと思った。小さなころは、まだ家のなかは近代的な住居よりずっと暗かったような気がする。

夏の真昼に家に入ると、眼が慣れるまでにしばらくかかったものだ。

サムの部屋の中央に大きな工作台が置かれている。その工作台には大型の万力やグラインダー、塗料を吐くエアブラシ用のコンプレッサーなどが据えつけられている。

佐伯は犬釘を一本取り出した。

「こいつを加工したい」

佐伯が言うと、景子がそれをサムに伝えた。

サムはうなずいて、スイッチを入れグラインダーを回した。

佐伯はグラインダーに犬釘の先端を軽く触れた。派手に火花が散る。先端を削って鋭くとがらせる。

次に釘の頭を削り落とし、柄を細くした。全体を見ると、細長い菱形に近くなった。

その菱形はひどく片寄っている。先端の刃のほうに重心があるからだった。

佐伯はそれをてのひらに乗せ、ぽんぽんと弾ませてみた。出来栄えにほぼ満足すると、いきなりそれを柱に向かって投げた。

ほとんど投げたと同時に突き刺さった感じがした。

サムと長老の息子は目を丸くした。佐伯は柱に歩み寄り、手裏剣を抜き取った。

サムにそれを手渡し、そして、残りの九本の犬釘を工作台の上に出した。

佐伯は言った。

「これとまったく同じに削れるか?」

景子が通訳する。

サムはまだぽかんとした顔のままだ。だが何を言われているのかはわかっているようだった。

サムはうなずき、何か言った。

景子が佐伯に伝える。

「お安いご用だ、と言っています」

「なるべく早く作ってほしいが、いつできる?」

佐伯が言う。

サムは首をひねった。窓の外を指差して訴えるように何かを言った。

「何だって?」

「今手がけている仕事がどうしても明日までかかると言ってます。こちらが依頼する作業にかかれるのはそのあとになる、と……」

「まいったな……。新市は今日来るかもしれないんだ」

そのとき、長老の息子が景子に何か言った。佐伯は景子を見た。

景子は説明した。

「五十ドル払ってやってくれないか、と言ってます。マレーシア・ドルで五十。そうすれば他の仕事を後回しにできるはずだと言うのです」

通貨の交換率は毎日変動しているが、一マレーシア・ドルはだいたい五十円だ。つまり、五十ドルは二千五百円ほどということになる。

佐伯はうなずいた。

「かまわない」

サムはすぐに作業にかかった。

さすがに手際がいい。あっという間に九本を仕上げてしまった。出来栄えも上々だった。

手裏剣と『つぶし』用の弾《たま》を手に入れた佐伯は昨夜よりずっと気分が楽になっていた。

8

廊下で夜を明かしたニール・アリマナールは、あわただしい声で目を覚ました。いつの間にか眠っていたのだった。

集中治療室に、看護婦たちが出たり入ったりしている。

医者が大急ぎでやってくるのが見えた。アリマナールは最悪の事態を予想して思わず立ち上がった。

頭の後ろが、不安のためにしんと冷たくなった。

ドアのそばに『地球の子供』マレーシア本部のメンバーたちが立っている。アリマナールはソンに近づいておそるおそる尋ねた。

「どうしたんだ?」

ソンの表情は明るかった。

「アハマッドの意識が戻ったんだ」

アリマナールはほっとした。

「話ができるのか?」

「いや、つい今しがた目を開けたばかりなんだ。今、リンが枕もとに行っている」

ソンがそこまで言って、アリマナールの肩越しに何かを見て言葉を呑み込んだ。

他のメンバーもそれに気づいたようだ。アリマナールは振り返った。

ウォルターが立っていた。アハマッドが車に轢かれたときいっしょにいた若者だ。

彼は空色の診察着を着ている。膝丈の浴衣《ゆかた》のような服だ。

ウォルターは思いつめたような眼で仲間を見つめていた。

事務局長が歩み出てウォルターに近づいた。彼はウォルターの肩に手をそっと乗せて言った。

「君は休んでいなければならないんだ」

ウォルターはすがるように事務局長の顔を見て言った。

「僕はもうだいじょうぶです。ここにいさせてください。アハマッドの意識が戻るまで……」

「アハマッドの意識はもう戻っている。心配することはない」

ウォルターは、はっと顔を上げた。

「お願いです。話をさせてください」

事務局長はかぶりを振った。

「まだ話ができる状態かどうかわからないんだ。今、奥さんのリンがそばに付いている」

「僕はアハマッドに相談しなくちゃならないんです」

「無茶を言っちゃいかん。大手術だったんだぞ。目が覚めたからといって、とても物事を考えられる状態じゃないはずだ」

ウォルターは事務局長の顔をじっと見つめていた。やがて彼は眼をそらし、体の力を抜いた。彼は事務局長の言うことを理解したのだ。

事務局長はさらに言った。

「何があったかはあとでゆっくり聞こう。今は休むことだ。そして、アハマッドのことで、君が自分を責める必要はまったくない」

アリマナールはウォルターと事務局長に近づいた。彼は事務局長に向かって言った。

「僕がウォルターを病室まで連れて行きましょう」

事務局長はうなずいた。

「たのむよ」

アリマナールはウォルターの背を静かに押しながら言った。

「さ、行こう」

ウォルターは逆らわなかった。うつむき加減でアリマナールに誘《いざな》われるままになっている。

集中治療室から充分に離れるとアリマナールは言った。

「なあ、ウォルター。事務局長《チーフ》が言ったとおりだ。おまえが気にすることなどなにもない」

ウォルターは返事をしない。相変わらずうつむいたままだ。

アリマナールはさらに言った。

「相手はヤクザなんだろう。誰だって同じだ。やつらに逆らうことなどできない」

ウォルターは立ち止まった。

「なぜヤクザのことを知っている？」

ウォルターの緊張が一気に高まったのがわかった。アリマナールは、その変化に驚いた。

今のウォルターは、アリマナールがよく知っているウォルターではなかった。

「どうした、ウォルター。落ち着け」

「誰が君に話した！　なぜ君はヤクザがやったことを知ってるんだ？」

廊下を行く人々がアリマナールとウォルターを怪しむように見る。

「いいんだ、ウォルター。気にするな。さあ、病室へ戻るんだ」

「アリマナール。なぜ君は知ってるんだ？」

アリマナールは、両手でウォルターの両肩をつかんだ。

「知ってるわけじゃない。だが、誰にだってわかる」

アリマナールは、周囲の者が聞き取れないように小声で、しかも早口で言った。

「君とアハマッドが相手にしていたのがどんな連中かは知っている。そして、アハマッドは大けがをし、君は精神的なショックを受けている。何が起こったかは明らかじゃないか」

ウォルターはじっとアリマナールを見つめている。まだその眼差しは不安げだ。

アリマナールは続けた。

「僕たちが今、どこにいるか知っているだろう。イポー郊外の例の村だ。その村に僕たちが着く前日に、ヤクザがやってきて、あっという間に村人をふたり殺していったというんだ。殺されたのは小さな子供と老婆だ。彼らのやり口は知っている」

ウォルターはゆっくりと緊張を解いていった。力がゆるんでいくのが、肩をつかんでいるアリマナールの手にはっきりと感じ取れた。

アリマナールは手を離した。

ウォルターはかぶりを振って言った。

「取り乱してすまない。だが、自分でもどうしようもないんだ」

「わかるよ。だから医者の助けが必要なんだ」

「いや、そういうことじゃない……」

「何だ？」

「あのとき、アハマッドに何が起きたのか、僕は皆に詳しく話す義務があるのかもしれない。だが、僕はどうしていいかわからないんだ。僕は判断に苦しんでいる。そのことで僕は苦しんでいるんだ。僕はアハマッドに相談しなければならない……」

アリマナールは考えた。そして言った。

「……つまり、ヤクザに口止めをされているということだな……」

「僕にはまだ、その返事をしていいのかどうかもわからない」

「わかった」

アリマナールは、とにかくウォルターを安心させなければならないと思った。

「今はその話は聞かないことにする。だいじょうぶだ。誰も君を責めたりはしない。アハマッドが元気になってからゆっくり話し合えばいい」

「ああ……」

ウォルターはうなずいた。「そうだな……」

ふたりは歩き出そうとした。そこにソンが駆けてきた。

「どうした?」

アリマナールが驚いて尋ねた。ソンが言った。

「アハマッドがウォルターを呼んでいる」

「何だって」

「来てくれ」

言われるまでもなかった。

三人は大急ぎで集中治療室に引き返した。


医者は少し離れて立っていた。

アハマッドの枕もとには妻のリンがいた。ウォルターが集中治療室に入って行くと、リンは場所をあけた。

酸素吸入器は外されていたが、まだアハマッドは鼻の孔《あな》に管を差し込まれ、それが顔にテープで止められていた。

アハマッドの声はひどくかすれていて、ほとんど息だけのささやきのようだった。意外と意識ははっきりしているらしく、ウォルターを見ると、かすかにだがうなずきかけた。

ウォルターは口もとに耳を近づけた。アハマッドの言葉はかろうじて聞き取れた。

彼は言った。

「われわれに起こったことを口外してはいけない。もし、私たちがしゃべった事実をやつらが知ったら、君も無事では済まないだろうし、あの土地にいる農民も被害にあうだろう」

アハマッドはそこでいったん言葉を切った。しゃべるのに、たいへんな体力を要しているようだった。

彼はまた話し出した。

「日本の警察ならやつらとの戦いかたを知っているかもしれない。だが、こちらの警察では無理だ。いいか、信頼できる人間が現われるまで、私が何をされたかは話すな。やつらと戦える人間が現われるまで……」

「そこまでにしてください」

医者が言った。

ウォルターは了解のしるしに、アハマッドの手を握り、ベッドを離れた。

リンに場所を譲り、集中治療室を出る。

廊下に出たとたん、事務局長が尋ねた。

「何の話だった?」

ウォルターはこたえた。

「いえ……。ただ、元気を出せ、と……」

事務局長はうなった。

「自分があんな容態なのに、他人に気を使っているのか……」

ウォルターは何も言わなかった。

彼はひどく疲れたように感じた。無力感にさいなまれている。

ウォルターは自分の病室に向かった。ふとアリマナールの視線を感じて眼を上げた。

彼はアリマナールの脇を通り過ぎるとき、そっと言った。

「話すことはできなくなった」

アリマナールはうなずいた。

もう詳しい話など聞く必要はなかった。聞いたも同然だ。

もし、アハマッドの経過が良好なら、明日にでもイポー郊外の村へ戻ろう――アリマナールはそう考えていた。


医者はその日の夕方に、ようやく、アハマッドの危機は去ったと言った。

『地球の子供』のメンバーは二手に分かれた。このまま病院へ残る者と、本部のあるペナンに引き上げる者とに分かれたのだ。

事務局長はペナンに引き上げねばならない。あとひとりがペナンに帰ることになった。

アリマナールはその夜は病院に泊まり、翌朝、イポー郊外の村に戻ることにした。

一夜明けると、アハマッドの容態はさらに落ち着いてきた。病院に残っていた者は、午前中にアハマッドと会うことができた。

アハマッドはほほえんでいた。

彼は間違いなく不屈の男だ、とアリマナールは思った。

おそらく、どんな暴力もアハマッドを屈服させることはできないだろう――彼はそう考え、感動を覚えていた。

これまで、アハマッドは何度も感動を与えてくれた。だが、今度の感動が一番大きい気がした。

そしてその感動は怒りとともにやってきた。尊敬すべきアハマッドをひどい目にあわせた連中に対する怒りだ。

アリマナールは村に戻るまえに、もう一度ウォルターに会わねばならないと思った。

病室を訪ねると、ウォルターは本を読んでいた。だが集中していないのは一目でわかった。

部屋は六人部屋だった。

アリマナールは、同室の患者たちに笑いかけて挨拶《あいさつ》をすると、カーテンを引いた。カーテンだけでは心もとないが、何とかふたりきりで話ができる雰囲気になった。

アリマナールは言った。

「これからイポーへ戻る」

ウォルターはうなずいた。読んでいた本を枕の脇に置くと尋ねた。

「アハマッドには会ったのか？」

「会った。きのうよりずっと元気そうだった」

「そうか……」

「誰もアハマッドの存在を犯すことはできない。アハマッドはそういう稀《まれ》な人間なんだ。人間以上の存在かもしれない」

「だが瀕死《ひんし》の重傷を負った」

「けがをしてもアハマッドはアハマッドだ。いや、それは死んでも変わらないかもしれない」

ウォルターは考えこみ、やがて力なくほほえんだ。

「そうだな。君の言うとおりかもしれない」

「僕たちには勇気が必要だ。あらゆる意味で……。アハマッドはそれを、身をもって教えてくれた」

ウォルターは複雑な表情になり、アリマナールから眼をそらした。

「どうした?」

アリマナールは尋ねた。「僕が何か気に障るようなことを言ったか?」

「そうじゃない……。だが、君はアハマッドを持ち上げ過ぎるんじゃないかと思ってな……」

「意外だな……。君も同じように考えていると思っていたが……」

「きのう、アハマッドは僕に、起こったことを他人には話すな、と言ったんだ」

アリマナールはうなずいた。

「それはわかっている。きのう、君は僕に『話せなくなった』と言ったからな」

「確かに僕はどうしていいか迷っていた。だが、どこかで期待していたんだ。アハマッドがこう言うのを。勇気を持て、ヤクザなど恐れることはない……」

アリマナールは黙って聞いていた。ウォルターは続けた。

「僕が失望したのは明らかだよ。もちろんアハマッドを尊敬していることには変わりはない。でも、わずかだけれど失望したことも確かなんだ。実際にヤクザにけがをさせられて、アハマッドは恐れているのではないかと思う。ひどいやり口だったからね、それも当然で、アハマッドを責めようとは思わない。だが、やはり、残念だよ……」

アリマナールは、ウォルターをじっと観察し、充分に冷静であることを確認してから言った。

「アハマッドが何と言ったのか、正確に教えてくれないか？　覚えている限りでいい」

ウォルターはまた考え込んだ。そして言った。

「ふたりだけの話にしてくれるな」

「もちろんだ」

「アハマッドは言った。ふたりがどんな目にあったか話してはならない、と。ヤクザたちに、僕が話したことを知られたら、今度は僕がただでは済まない。さらに、あの土地で頑張っている農民たちにも被害が及ぶだろう。信頼できる人が現われるまで話をするのは待て、と……」

「信頼できる人？」

「そうだ。アハマッドはこう言うんだ。日本の警察ならヤクザと戦う方法を知っているだろう。だがこちらの警察ではだめだ、と」

「なるほど……。僕はアハマッドの言葉を聞いても失望はしない」

「君は立場が違う」

「そうは思わないな。いいか。なぜ僕が失望しないかわかるか？　アハマッドはまだヤクザに屈してはいないからだ」

「だが、彼らの脅しを受け容《い》れろ、と彼は言った」

「それは違う。彼は待てと言ったんだ。彼は自分がベッドに寝ている間に、別の人間がヤクザに痛めつけられるのを恐れたんだ。ヤクザを恐れたわけじゃない。事実、信頼できる人がいたら話せと言ってるじゃないか」

ウォルターは驚いたようにアリマナールを見た。

そして彼は眼を伏せ、アリマナールの言葉を吟味《ぎんみ》しているようだった。

ウォルターは言った。

「僕はアハマッドと、このところずっと行動をともにしてきた。でも、君のほうがアハマッドのことをよく理解しているようだ。僕は恥ずかしいよ」

「今、君は普通の状態じゃないんだ。もし、僕が君の立場なら、やはり冷静には考えられず、アハマッドに失望したかもしれない」

「君とレラ・ヤップが滞在している村も、ヤクザの被害にあっていると言ったな」

「ああ。人間とは思えない残忍なやり口だ」

「僕は痛感した。それがヤクザなんだ。君も気をつけろ」

「わかっている」

アリマナールは、ウォルターのベッドの脇から離れようとした。

そのとき、彼は不意に佐伯のことを思い出した。アリマナールは足を止めて考えていた。

「どうした。何を考えている？」

ウォルターが尋ねる。

アリマナールは、もう一度、ウォルターのそばに戻って言った。

「僕たちは、日本の政府関係者を案内するために例の村に入った。その日本人は、環境問題に関する調査を目的とした機関の人間だと言った。だが、その男は妙なことを言ったんだ」

「妙なこと？」

「俺はヤクザを追っ払うために来た――彼はそう言ったのだ」

「環境問題を調査する機関の人間が……？」

「僕もレラも村人もその言葉を聞いて驚いた。だが、その男はなぜか自信に満ちて見えた」

ウォルターはアリマナールの言いたいことをようやく理解した。

「……つまり、その男が、アハマッドの言う信頼できる人間だ、と……？」

「佐伯というんだ。どうも普通のエコロジストとは違うような感じがするんだ」

「……と言うと？」

「眼つきが妙に鋭い。ヤクザと似たような印象がある。暴力のにおいがするんだ」

「ヤクザではないのか？　彼らは身分を偽《いつわ》って村に侵入したのかもしれない」

「いや。そうじゃない。ヤクザとは明らかに違う。それはわかる」

ウォルターは無言でアリマナールを見た。アリマナールはポケットから手帳を取り出し、白紙を一枚切り取ると、その紙片に手帳から何かを書き写し始めた。

それをウォルターに手渡す。

「これが、村の長老の家の電話番号だ。僕たちはそこに寝泊まりしている。もし君が、佐伯という男を信じられると思ったら、電話をくれ」

ウォルターは、その紙片とアリマナールの顔を交互に眺めた。

アリマナールは病室を出た。

9

総合商社『伊曾商』マレーシア支店の桜木哲治は、泊屋組の新市を初めとする三人と、またしても行動をともにしなくてはならなかった。

彼らはイポー市のタンブン・インにいた。イポー市最大のホテルだ。

レストランで遅い朝食を食べている。ただ食事をしているだけなのに、彼らの周辺には凶悪なムードが漂う。

新市は苦い顔をしていた。見るからに憂鬱そうだ。だが、それは単に二日酔いのせいだった。

昨夜はイポーの町で酒を買い込み、ホテルの部屋で飲んでいた。

マレーシアはイスラム教国なので酒場も少なく、歓楽街と呼べる場所にはたいてい中華料理のレストランが並んでいる。

バーやキャバレーもあるが、言葉がわからない新市が行っても楽しくはないのだ。

「今日はこれからどうします？」

桜木はおそるおそるといった体《てい》で新市に尋ねた。

ふたりの若い衆も新市の顔色をうかがう。このふたりは新市のまえではきわめて無口だ。

そういうふうに教育されているのだろうか。それとも、新市を恐れているのだろうか——桜木はふとそう思った。

新市が逆に桜木に訊き返した。

「採掘所の村の連中は、訴えを取り下げたのか？」

「いいえ……」

桜木はこたえた。「特に動きはない、と社では言ってます」

新市は心底不愉快げに舌を鳴らした。

「採掘所の村へ行こう。やつらなめやがって……。ただの脅しだと思ってやがるな……。もう二、三人、血祭りに上げなきゃわからねえか……」

「新市さん」

桜木が困り果てた顔で言った。「あまり無茶をやると、地元の警察も黙っていられなくなるんじゃ……」

「心配するな。うまくやるよ。警察に訴える気などなくなるように、徹底的にいたぶってやろうじゃねえか……」

桜木は新市の顔を見ているのに耐えられず、眼をそらしてうつむいた。

午後に行動するのはあまり利口ではない。熱帯の太陽がじりじりと照りつけている。まるで陽光が重さを持っているようだ。

建物がひしゃげるような気さえしてくる。

加えて、午後にはスコールがある。雨期ではなくても太陽に熱せられた海からの湿った空気が、上空の冷気とぶつかり大粒の雨を降らせる。

だが、新市は言い出したらきかない男だ。午後二時という猛暑のなか、桜木は三人を車に乗せて、採掘所の村に向かった。

そのころ、ニール・アリマナールが汗を流しながら村に到着した。

家のなかは、思ったより涼しい。屋根は完全に太陽光を遮断し、しかも、熱を拡散させる構造になっているらしい。

そして、風が通り抜けるように戸口や窓が配置されている。

さらに、家の周囲が草原で、ココヤシなどの木々が影を落としているのも影響している。

アリマナールは、帰る早々、佐伯に報告したいことがある、と言った。

いつものように白石景子が通訳を始めた。

アリマナールが話し始める。

「アハマッドは一命を取り止めた。手術も成功して快方に向かっている」

レラ・ヤップが心から安心したようだった。彼女が浮かべた笑顔はたいへん美しかった。

景子がアリマナールの言葉を訳して佐伯に伝える。

佐伯は満足げにうなずいてから尋ねた。

「事故だったのか?」

アリマナールは慎重な表情になった。

「アハマッドも、いっしょにいた若者も何も言わない。だが、様子を見れば何が起こったのかは明らかだ」

「どういうふうに?」

「アハマッドは、車に轢かれて重傷だった。大手術だったそうだ。そしてアハマッドといっしょにいた男——ウォルターというんだが、彼は心理的なショックを受けて、病院に来たときは錯乱状態だったという。そして、彼らが相手をしていたのは、ヤクザのような連中がやってる会社だ」

「ヤクザのような連中じゃない。本物のヤクザだ。『MT開発』という会社は、この村に来た新市というヤクザと同じ組が経営している」

「日本は熱帯林を伐採し、代わりに暴力団を輸出してるのか」

「そうとんがるなよ」

佐伯は頬だけで笑って見せた。凄味のある笑いだ。

「こっちも手を焼いてるんだよ」

「まるで警察官のようなものの言いかたをするんだな?」

「俺は警察官だよ。かつては暴力団担当の刑事だった」

佐伯の言葉を景子が訳すと、レラとアリマナールは、また驚いた顔をした。

佐伯はさらに言った。

「現在『環境犯罪研究所』にいるというのは嘘ではない。出向しているんだ」

アリマナールはすっかり毒気を抜かれてしまった様子だ。

彼は言った。

「とにかく、あのふたりがあんな状態になるなんて、とても事故だとは思えないね」

「だが、確証はない」

佐伯は言った。「そうだろう。アハマッドという人物も、ウォルターという若者も、出来事を話さなかったというのだからな。おそらく、たっぷりと脅しをかけられているのだろう」

「アハマッドは、仲間の身の心配をしているんだ。自分がベッドで寝ている間、仲間がへたなことをして、自分のような目にあうのを恐れているだけだ。脅しを恐れているわけじゃない」

佐伯はうなずいた。

「わかってる。あんたの口振りからすると、アハマッドというのは高潔な人物のようだ。だが、アリマナール、ここが大切なところだ。結果は脅しに屈しているのと同じだ。それだけ、ヤクザの暴力と脅しには効果があるということなんだ」

アリマナールは唇を噛んだ。口惜しくてそうしたわけではないようだった。彼は考えているのだ。

景子はいつでも訳し始められるように心の準備をしていた。

アリマナールが言った。

「アハマッドはウォルターに『しゃべるな』と言った。だがそれは条件付きだ。信頼できる人物が現われるまでしゃべるなという意味だ」

　そして彼は、挑むような眼差しで佐伯を見た。

　佐伯は言った。

「たまげたな……。まるで救世主にでもなった気分だぞ」

　アリマナールが言った。

「ウォルターに、あなたのことを教えてある。もちろん、もと暴力団担当の刑事だったなんて知らなかったから、その点は話していないが……。それで、ウォルターが、あなたのことを信頼できる人物と考えた場合に、ここに電話が入る。そのときは……」

「わかった」

　佐伯は言った。「心配するな。そのときはちゃんと話を聞き出してやる。さらに裁判で証言をしてもいいという気分にさせてやるよ」

　そのとき、村のなかがにわかにあわただしくなった。

　レラ・ヤップは、戸口から外をそっとうかがった。子供や母たちが駆けてきて家のなかに閉じ込もる。

入れ代わるように、村に残っていた男たちが出て行く。

この村の男たちは三分の二が農業、三分の一が錫《すず》の採掘所で働いている。かつては多くが『マレーシアン・レアメタル』社のモナザイト採掘所で働いていたが、反対運動が起きてから、そこで働く村人はいない。

男たちは手に竹の棒や鍬《くわ》の柄《え》などを持っている。

レラは言った。

「村人が戦いの準備をしているようだわ」

景子がそれを翻訳し、佐伯はうなずく。

「おそらくヤクザがまたやってきたんだ。村人たちは怒っていることだろう」

佐伯はしゃべりながら戸口に向かっていた。

「どうするのです?」

景子が尋ねた。

「様子を見てくる。みんなはここにいろ。今、やつらに姿を見られたくない。ここにいるのは村人だけだと思わせておいたほうがいい」

佐伯はレラに代わり、ドアを細く開けて外の様子を見た。

佐伯がドアの隙間から滑り出ようとしたとき、アリマナールが言った。

「僕も行く。相手がどんなやつか見ておきたい」

佐伯は動きを止め、アリマナールを振り返った。佐伯はふと危険なものを感じた。だが、アリマナールの眼に怒りの色が見えた。佐伯は止めなかった。

彼は止めなかった。佐伯が止めてもアリマナールは聞き入れそうになかった。

佐伯は外に出た。アリマナールはそれに続いた。


外に出ると佐伯は家の陰に身を隠した。アリマナールがそれを真似る。

村の入口のほうから見えないように、家から家へ軒づたいに進んだ。

村人たちがひと固まりになっているのが見えた。

佐伯は注意深くさらに家の陰から顔を出してのぞいた。

村人たちのむこうに、四人の男がいた。

ふたりは暴力団の若い衆、ひとりは日本人ビジネスマン、そして、残りのひとりが新市だった。

佐伯は顔をひっこめた。

しばらく様子をうかがうことにした。新市は筋金入りのヤクザだ。つまり、他人の命など何とも思っていないということだ。

アリマナールが物問いたげな眼で佐伯を見た。佐伯は言った。

「アイ・ノウ・ヒム」

アリマナールはうなずいた。

アハマッドを殺そうとしたのも新市であることは明らかだと佐伯は思っていた。彼はそうした『仕事』をするためにマレーシアにやってきたのだ。

佐伯はしばらく様子を見ることにした。彼の神経は十五メートルほど離れたところにいる新市に集中されていた。

新市の声が辛うじて聞き取れた。彼は言った。

「先日、告訴を取り下げるように、と丁寧にお願いに来たんだ。頼みを聞き入れてくれないんで、俺は少々頭にきている」

日本人ビジネスマンはそれを英語に訳していく。

村人に緊張が走るのを、佐伯は肌で感じた。彼らはおびえ、すくみ上がっているに違いない。

それでも彼らは自分の村を守るため、妻子を守るために、そこから逃げ出すわけにはいかないのだ。

佐伯は全面的に彼らを支援したくなった。ただ単に所長に命じられたからではなく、今は積極的に村人を助けたいと思った。

新市に対する憎しみもあった。

村人のひとりが言った。長老の息子だった。

「私たちは、村人全員を代表して訴訟を起こしたのだ。脅されたくらいで訴訟を取り下げるわけにはいかない」

それをまた、日本人ビジネスマンが訳して新市に伝える。

新市が言う。

「そういうことを言ってると、このあいだみたいに死人が出るぞ！」

「もう誰も殺させはしない。脅されても訴訟を取り下げることはない。私たちは確かにおびえている。だが、訴訟は全村人の総意なのだ」

「殺した？　誰が殺したって？　このあいだ死んだふたりは不幸な事故にあったのだ。……そういえば、クアラルンプールのそばのゴルフ場予定地で、反対運動をしているやつらがいてな。そのリーダーみたいなやつが、やはり交通事故にあった。ひでえけがよ。かわいそうにな……」

その新市の言葉を日本人ビジネスマンが英語に訳した。

それを聞いたアリマナールが大きく息を吸い込んだ。

佐伯ははっと振り返った。

アリマナールが早口で何かをしゃべった。何をしゃべったのか、正確にはわからない。だが、佐伯はアリマナールが何を言ったかは理解できた。

アリマナールは、アハマッドに重傷を負わせたのが、新市であることを悟ったのだ。

アリマナールの眼つきが凶暴そうになった。怒りに眼を光らせている。呼吸が荒くなり始めた。

佐伯は、アリマナールの肩をおさえた。そしてかぶりを振って見せた。

アリマナールは、小声でしきりに抗議した。英語だったので佐伯にはほとんど理解できなかった。

だが、新市をただで済ますわけにはいかないというアリマナールの気持ちは伝わってきた。

佐伯はアリマナールの肩に置いた手に力を込めた。そして、またかぶりを振ってみせた。

そのとき、村人の集団が口々に何かをわめき始めた。

新市がそばにいた村の男の腹をいきなり蹴り上げたのだ。そして、その男が持っていた竹の棒を奪った。

そのとき、閃光が見えた。カメラのストロボだった。

村人のひとりが、旧式な日本製のオートマチック・カメラを構えていた。

新市の顔色が変わった。怒りのためだった。新市のような男は、ちょっとしたことで簡単に頭にくる。

耐えるということを知らないのだ。よく、刺青《いれずみ》をほどこして、『ガマン』を背負っているとヤクザは、うそぶくが、これは、精神的な忍耐力とは何の関わりもない。新市のような男は、大物ぶって無表情を装っているが、その実、まったくこらえ性がないのだ。

カメラを持った村の若者を睨みつけて新市は言った。

「てめえ……。何の真似だ?」

何人かの村人が口々に叫ぶ。

「武器だと言ってます」

日本人ビジネスマンが言った。「われわれは暴力では戦わない。法を味方にして戦うのだ。われわれの証言、証拠の写真、脅迫の録音テープ……。こうしたものがわれわれの武器となるのだ──そう言ってます」

佐伯はそれを聞いてまったく正解だと思っていた。

暴力団は暴力のプロフェッショナルだ。素人を怖がらせることが仕事なのだ。相手が暴力で来る場合は彼らは恐ろしいとは思わない。

暴力団が一番困るのは、相手が法律を味方にした場合なのだ。

だが——と佐伯は思った。

法を中途半端に振りかざすのは、たいてい逆効果になる。佐伯は心配になっていた。

そして案の定だった。

新市はうしろに従えた若い衆のひとりに、このあいだとまったく同じことを言った。

「おい、ドスよこせ」

若い衆のひとりは、さっと大きな花柄のシャツの下から匕首《あいくち》を抜き出し、新市に手渡した。

村人たちは静まりかえり、心持ち身を引いた。

新市は右手で、取り上げた竹の棒を持ち、その先端のあたりに、匕首を振り降ろした。竹棒の先は見事に鋭角に切り落とされ、竹槍ができた。

新市は匕首を若い衆に返す。

佐伯はすでに新市の目的を悟っていた。彼は舌打ちをした。

銃があれば撃っている。

だが手もとには手裏剣しかない。『佐伯流活法』手裏剣術の達人、佐伯であっても、正確に目標に当てられるのは、八メートル以内だ。

さらに、命中度は落ちるが、十メートル以内ならば充分に役に立つ。

だが十五メートルも離れていては無理だ。

『つぶし』はさらに無力だ。『つぶし』はせいぜい五メートル以内の敵の意表をつくための武器なのだ。

新市はその竹槍を右手に持ち替えて、きわめて無造作にカメラを持つ男に近づいた。彼は表情ひとつ変えず竹槍を突き出した。

大きな悲鳴が上がった。新市が持った槍は若者の腹に突き立っていた。

若者はカメラを取り落とし、よろよろと後ずさりした。新市が手を離すと竹槍の柄尻が地面に落ちた。

若者はその竹槍をずるずると引きずっている。痛みと精神的なショックのため、若者は叫び続けている。

村人の集団が恐怖のために、少しばかり後退していた。

新市は地面に落ちていた小型のオートマチック・カメラを踏みつぶした。おそらく、若者にとっては自慢のカメラだったに違いない。

若者は横ざまに倒れていた。村人たちは若者の周囲に集まり、おろおろとしていた。

新市は言った。

「おい、槍を抜くなよ。腹圧で内臓が出てきちまうぞ」

新市はなぜかうれしそうだった。この男は残忍な行為が楽しいらしかった。見ていたアリマナールが飛び出して行った。佐伯が止める暇もないくらい素早かった。

新市はこわれたカメラからフィルムを抜き出し感光させているところだった。彼は、アリマナールの敵意に満ちた眼を見た。

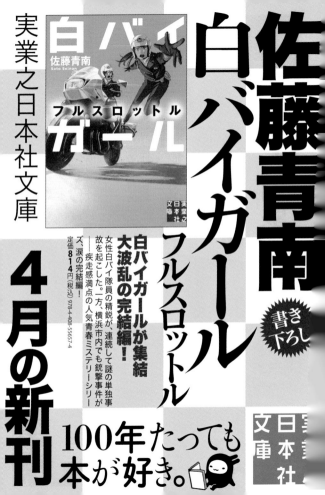

10

「何だ、てめえは……？」

カメラの残骸と抜き出したフィルムを背後に放り投げると、新市は言った。

アリマナールは敵意に満ちた眼で新市を見すえていた。ヤクザを刺激する眼つきだ。ヤクザは恐れられることを好む。自分に敵対しようとする相手は許せないのだ。

新市は大物ぶってはいたが、もちろん人格的にすぐれているわけではない。

アリマナールは言った。

「村人を殺したりけがをさせた償《つぐな》い、そして、アハマッドに大けがをさせた償いをしてもらう」

それを桜木が訳すと、新市の眼の奥がちらちらと光った。

新市は無表情だ。だが怒っているのは明らかだった。むしろ彼は、怒れば怒るほど無表情になるのだった。

新市は言った。

「威勢がいいな、若いの。日本の若いやつらは見習わなきゃならん」

彼の眼がいっそう底光りした。「だがな。嚙みつく相手を間違えてる。そういう間違いは命取りになるぞ」

佐伯は新市とアリマナールのやりとりを聞いて舌打ちをしていた。

村人は、腹に竹槍を刺された男の介抱に夢中になっている。腹を刺された若者はぐったりしていた。

意識を失っているようだった。村人のひとりが救急車を呼ぶために、電話をかけに行った。

新市は若い衆に何かを命じた。

ふたりの若い衆は、自分たちが乗ってきた車まで引き返した。

彼らは車のトランクとガソリン注入口を開けた。トランクから洗車用のホースを取り出した。

手には、来る途中に飲んでいた清涼飲料水のビンを持っている。ふたりはホースを使って車からガソリンを抜き取り、ビンに詰めた。

彼らは暴走族だったのだろう、そういうことに手慣れていた。

ふたりはガソリンの入ったビンを新市に差し出した。新市はそれを受け取る。

あたりにガソリンの臭いが広がる。佐伯はその臭いに気づき、眉をひそめた。

「おい、ちょっとこいつを押さえてろ」

新市に言われ、ふたりの若い衆がアリマナールを取り押さえた。

アリマナールは両腕を取られてもがいた。若い衆のひとりが、横からアリマナールの鳩尾《みぞおち》に膝蹴りを見舞った。

アリマナールはつき上げるような苦しさにあえいだ。

新市はアリマナールに近づき、彼の頭からガソリンを注ぎかけた。

アリマナールは驚き、顔を上げた。物問いたげに新市を見つめている。新市は自分に嚙みついた人間は決して許さない。それがヤクザだ。

アリマナールの頭や服はガソリンでびしょ濡れになった。ガソリンが急速に気化した。

新市はひどく冷酷な表情だった。

彼はカルティエのライターを取り出した。

まるで煙草に火をつけるように無造作にライターを近づけると点火した。

気化していたガソリンに火がつき、爆発するように燃え上がった。

新市はその熱気に顔をしかめ、大きく後ずさりした。ふたりの若い衆もあわてて離れた。

人間の声とは思えないすさまじい悲鳴が上がった。生きながら焼かれるのは、この世では最大の苦痛と言われる。

火だるまになったアリマナールは地面をごろごろと転がった。転がりながら、叫び続けた。

あまりのことに唖然としていた村人が、あわてて駆け寄り、服を脱いで炎を叩き始めた。ガソリンについた火はなかなか消えようとはしなかった。

やがて、アリマナールは悲鳴を上げなくなった。髪の毛や皮膚の焼ける独特のにおいが漂う。

誰かがスコップを持ってきて、土をかけ始めた。そのほかの村人も服で炎を叩き続ける。ようやく炎が消えたとき、アリマナールは動かなくなっていた。

死んだのか気を失っただけなのか村人にはわからない。ひとりが大急ぎで水をバケツにくんできた。

火を消すためにではなく、冷やすために必要なのだ。バケツの水がアリマナールの体に浴びせられた。

アリマナールがかすかに動いた。まだ息があるようだった。村人たちはさらに水をくんできてアリマナールに浴びせた。

彼の腕や肩の一部は炭化して黒くなっていた。皮膚がはぜたように割れているところもある。

桜木は驚きのあまり、口をあんぐりとあけ、その場に立ち尽くしていた。そして彼は道端で吐き始めた。

彼の神経は正常なのだ。とても本物のヤクザの行為にはついていけない。

新市は、それを面白くなさそうに一瞥《いちべつ》した。彼はさきほどから、自分の手を気にしていた。

軽い火傷を負ったのだ。新市は、アリマナールを助けようと大騒ぎをする村人よりも、自分の火傷のことが気になるのだった。

ふと彼は眼を上げた。そのまま、怪訝《けげん》そうに目を細める。その視線は一ヵ所に釘づけになっている。

村の入口から十五メートルほどなかに入ったあたりだ。

そこに佐伯が立っていた。

新市は見覚えのある顔に出っくわし、面食らっているようだった。

彼はつぶやいた。

「てめえ……。佐伯……」

佐伯はわずかに蒼ざめた顔色をしていた。激しい怒りのせいだった。

彼の眼は蒼白い怒りの光を宿している。彼は、あまりに激しい怒りのせいで、脳髄がしびれてしまったような気すらしていた。

もう身を隠しているわけにはいかなかった。新市を官憲の手に渡すためには、彼の暴力を証明する材料が必要だった。

それをできるだけかき集めようと当初は考えていた。

だが、佐伯は考えを変えた。

新市を法の手にゆだねるのは、もはやなまやさし過ぎる。

彼は村人の目のまえで処刑されねばならない。佐伯は心の底からそう考えていた。

怒りに我を忘れているわけではない。どんな人間も裁判を受ける権利がある。そのことは佐伯も充分に承知しているし、その法の精神は尊重しなければならないと思っている。

だが、新市のようなヤクザは人間とはいえない。そのことも佐伯は知り尽くしているのだ。

新市は佐伯に言った。

「どうして、てめえがこんなところにいる？」

佐伯は、一歩一歩、ゆっくりと歩み出した。十メートルまで近づく。何とか手裏剣が役に立つ距離だ。

正確さを期すなら、さらに二メートルほど間を詰めたいところだ。

だが佐伯はそこで立ち止まった。新市は匕首を持っている。

さらに、喧嘩慣れしていそうな若い衆がふたり立っているのだ。

佐伯は新市に言った。

「おまえみたいな日本の恥を始末しに来たのさ」

「刑事《デカ》でもないおまえに、そんな権利はあるのか？」

「権利はないかもしれん。だが、理由がある」

「理由？」

「ヤクザが嫌いなんだ」

新市は細めた眼で佐伯を睨みつけた。

「おい」

新市はふたりの若い衆に命じた。「腕に自信があるんだったら、こいつを片付けてみろ。遠慮や手加減はいらん。殺しちまえ」

新市は、九寸五分の匕首を若い衆に返した。

その若い衆は、すぐさま匕首を抜き払った。もうひとりも同様の匕首を抜いて構えた。

佐伯は、わずかに左足を引いて、はすになっていた。

村人は、腹を竹槍で刺された若者とアリマナールを取り囲み、佐伯とふたりの若い衆を見つめていた。

救急車が来るまで、もう彼らは何もできないのだ。

佐伯はふたりの若い衆に言った。

「今から足を洗う気はないか。心を入れ替えて堅気《かたぎ》になるっていうのなら、手を貸すぞ。このまま構成員になりたいというのなら、遠慮なくやらせてもらう」

ふたりは佐伯が何者なのか知らない。かつて、新市と、堂々と渡り合ったことも聞いていなかった。

新市が言った。

「気をつけろ。そいつは妙な飛び道具を使うぞ」

佐伯は新市を見すえながら、かすかにかぶりを振って言った。

「気をつけてもよけられない」

「野郎！」

佐伯から見て左側の若い衆が匕首を振りかざして突進してきた。

だが、すぐにその若者は顔をおさえ、あっ、と叫んだ。

そのまま立ち止まる。

不用意な位置だった。佐伯との間は三メートルしかない。

滑るように佐伯の両足が移動した。彼がぴたりと止まったとき、両方の膝がわずかに曲がり、体重はその中心に落ちていた。

足の幅は前後左右とも同じで、それは肩幅とほぼ等しい。

右足がまえになっている。佐伯は止まると同時に、体をうねらせ、顔をおさえている若者に向かって左右の『張り』を見舞った。

横から顔面を打つ『張り』だ。ちょうど、掌底のあたりが顎に当たるようにする。

そして、てのひらで頭部の丸みを包むように打つのだ。

見たところ、拳で殴るような残忍さは感じられない。

打たれたほうも、それほどの痛みは感じないはずだ。だが、拳で殴るのとはまったく違った効果があった。

佐伯は、左右の『張り』を見舞うとさっと離れた。

相手の若者は追いすがろうとする。だが、その足がもつれてしまったのだ。泥酔した男を見るようだった。

本人は驚愕しているようだ。体の自由が効かないのだ。

ボクサーならば馴染みの感覚のはずだった。脳震盪《しんとう》を起こしているのだ。

その若者は尻もちをつきそうになった。体が沈んでいく。

佐伯は、また滑るように歩を進めた。ローラースケートをはいているような見事な足さばきだ。

この、強く踏み込むのではなく、滑るように足を出す運足法は、いろいろな武術に共通に見られる。

そして、どの武道でも高度な技法とされている。

例えば、拳を出すときに強く大地を踏みつけることで知られる中国武術の八極拳《はっきょくけん》でも、実戦では滑るような足さばきを使う。

空手も、基本はすり足といわれるが、本来は、足を床に着けずすれすれのところで歩を進めるのが理想だ。

佐伯の運足はすばらしかった。たった一歩で二メートルの距離を詰めた。

そこから回し蹴りを出す。『佐伯流活法』の蹴りは中段か下段に決めることが多い。無理なく威力を発揮できるからだ。

そして、『佐伯流活法』の回し蹴りは空手やキックボクシングのそれとは違い、まず膝をまっすぐ前に上げる。

その状態から膝をくるりと回転させ、回し蹴りに変化させるのだ。そのときに、軸足の踵を前方へ運ぶことによって、蹴りを加速し、体重を乗せる。

コンパクトな動きだが、威力は充分なのだ。『佐伯流活法』の基本どおり、佐伯は、中段を蹴っていた。

だが、相手は尻もちをつこうとしていたところだったので、頭がちょうど中段の位置まで降りてきていた。

佐伯の足の甲が見事に相手の後頭部に叩き込まれた。

佐伯は、蹴り足を引かなかった。そのまま振り切ったのだ。その点が、また『佐伯流活法』の蹴りの威力を保証している。

相手は派手に吹っ飛んだりはしなかった。頭から地面に叩きつけられた形になった。そのままぴくりとも動かない。

本当に威力のある技が決まったときというのは、このように、その場に叩きつけられるか崩れ落ちるものなのだ。

佐伯の動きは流れるように美しかった。また、彼は、相手の若者が持っていた刃物をまったく気にしないように見えた。

刃物を出されてひるまない人間はいない。佐伯は、特別な人間に見えた。

実のところ、佐伯も刃物はおそろしかった。だが、彼は、おびえたときに切られたり刺されたりするものだということをよく知っていた。

触れれば切れるのだから警戒は充分にしなければならない。だが、いたずらにおびえ萎縮《いしゅく》したときが最も危険なのだ。

佐伯には、数えきれないほど凶器を持った相手と渡り合ってきた経験からくる自信があった。

村人ともうひとりの若い衆、そして桜木は声もなく佐伯を見つめていた。

新市が舌打ちをした。佐伯はその音を聞いた。

新市は若い衆に言った。

「どうってこたあねえ。空手だの拳法なんてものは所詮虚仮威《こけおど》しよ。極道のゴロマキが一番強いんだ」

「やっぱりヤクザだ。頭が悪いな」

佐伯が言った。「役に立つ武術があるってことを理解できないらしい」

新市は、何も言わなかった。彼の周囲がしんと冷えてきた感じがする。新市は本気で怒っているのだ。

その怒りが若い衆に伝わった。

彼にとってみれば、佐伯より新市のほうが恐ろしいのかもしれなかった。

若者は匕首の柄を左のてのひらで支え、それを腹に固定した。

そのまま、大声を上げながら佐伯にぶつかっていく。

匕首を使って暗殺などをするときの基本だ。体当たりのつもりで相手に突っ込んでいく。匕首が相手の腹に刺さったらえぐるのだ。

これはきわめて確率の高い方法だが、佐伯には通用しなかった。

佐伯は待ち受けてなどいなかった。自分のほうから一歩踏み出したのだ。声にこそ出さなかったが、すさまじい気合いを発している。

無声の気合いだ。強力な気当たりで相手を圧倒するのだ。

若者が佐伯の間合に入った瞬間に、さらに佐伯は前進していた。まっすぐ前に出たのではない。体をひねりながら、斜め前に足を進めたのだ。

体の面が変化し、佐伯は若者のすぐ脇をすり抜ける形になった。

若者は、まるで影を刺し貫いたような気がしたはずだった。

ただ脇をすり抜けただけではなかった。佐伯はすれ違いざまに左の手首を内側に曲げ、相手の喉をひっかけていた。

相手は、自分の勢いが災いした。そのまま足が浮いた。

若者は後頭部から地面に落ちた。

佐伯はあおむけになった若者の腹に『撃ち』を見舞った。まっすぐ上から、地面の下にまで力が突き抜けるように打ち降ろす。

まるで腹に杭を打ち込むようなものだった。若者は一度、手足を突っ張り、すぐにぐったりとした。

佐伯は、その若者が取り落とした匕首を新市の足もとに放った。

「おまえは意気地がないから武器が欲しいだろう」

佐伯は言った。「拾えよ」

新市の怒りは限界まで達していた。

「てめえは俺を本気で怒らせた……」

新市は唸るように言った。佐伯がこたえた。

「おまえが先に俺を怒らせたんだ」

新市は佐伯の動きを油断なくうかがっている。彼も怒りに我を忘れるようなことはないのだ。その代わり、新市はいくらでも冷酷になれる。佐伯と新市の距離は、今や、約五メートルとなっていた。

佐伯は、棒立ちのように見えた。

新市は、佐伯の虚をつくように、さっと膝をついて匕首を拾おうとした。

佐伯の右手が一閃する。その手もとから黒っぽい糸が伸びたように見えた。

新市が悲鳴を上げた。匕首を拾おうと伸ばした手の甲に、犬釘で作った手裏剣が刺さっていた。

複雑な動きをするために、手には細かな骨や、いくつもの小さな関節、そしてそれをコントロールする神経、エネルギーを送る血管などが入り組んでいる。

さらに手の甲には、合谷《ごうこく》、陽池《ようち》、腕骨《わんこつ》といった陽経の原穴がある。原穴というのは、経絡《けいらく》上にある穴のなかでも特に重要なものだ。

その手の甲を貫かれるのだからたまらない。新市はあわてて手裏剣を抜き、左手で傷口を抑えた。苦痛にうめいている。

今や、彼の眼は憎しみのために血走っている。

怒りの強さでは佐伯も負けてはいない。

そのときサイレンが聞こえてきた。ようやく救急車がやってきたのだ。

新市は小声で毒づくと、桜木に言った。

「引き上げるぞ。車を出せ」

新市は身を翻《ひるがえ》すと車に乗り込んだ。桜木は新市に従うしかなかった。

佐伯は新市を追おうとはしなかった。新市が逃げ出す姿を見て、なぜかひどく冷めた気分になった。

新市が乗った車が出る。新市はトカゲが尻尾を切り捨てるように、若い衆を捨てて逃げたのだ。

「親だ兄弟だと言っても、本質はこんなもんだ」

佐伯はつぶやいた。

11

『環境犯罪研究所』の内村所長は、白石景子が問い合わせてきた『MT開発』のことが気になっていた。

今、彼は、たったひとりのオフィスで、まったくいつもと変わらずコンピューターのキーボードを叩いてはディスプレイをのぞき込んでいた。

『MT開発』は、警視庁の捜査四課と、組織暴力取締本部などが以前から関心を寄せており、資料はすぐに探し出すことができた。

泊屋組が、海外進出の足がかりとして作った会社だということはすぐにわかった。

泊屋組と『MT開発』の周辺をコンピューターで探っていると、面白い人物に行き当たった。

野崎克明《のざきかつあき》という弁護士だった。

野崎は、暴力団新法に対してまっこうから反対したことで有名だ。

新法施行まえには、彼のもとで、暴力団員が勉強会を開いた。

彼は常に国家権力の恐ろしさを説いていたが、内村はその正体を知っていた。ヤクザから庶民の人権を守るために戦い続けている弁護士よりも、野崎のような立場のほうがずっと楽に決まっている。

報酬も、暴力団関係からもらったほうがはるかに多い。第一、ヤクザの恐怖におののかなくていいのだ。

野崎は『MT開発』の顧問弁護士をやっているということだった。

内村は席を立ち、いつもは白石景子と佐伯がいるオフィスに行った。

そこにあるレーザー・ファイリング・システムとレーザー・プリンターのスイッチを入れる。

レーザー・ファイリング・システムは、まるでコピーを取るように、スキャナーで資料を読み込み、その形のままCDのようなデジタル・ディスクに登録していくコンピューターだ。

もちろん、自在に検索できるようになっている。

デジタル・ディスクは、白石景子によって整理・分類されている。たいへんわかりやすかった。

内村はレーザー・プリンターで、野崎克明の顔を打ち出した。それを持ち、また自分の席に戻る。

彼はまたコンピューターを操り、数々のデータバンクにアクセスしては情報を取り出した。

たちまち野崎の経歴がわかる。彼は有名私立大学の法学部を卒業した。

現在、四十六歳――つまり団塊《だんかい》の世代だ。七十年安保のとき、学生運動を支えてきた世代だ。

七十年安保で、多くの若者が未来を剝奪《はくだつ》された。だが、野崎はうまく立ち回り、司法試験に合格して弁護士となった。

弁護士になった当初、彼は、不当な圧力を加えられる極左組織などの人権を守るために働き、世間から注目された。

国家の権力というものが、いかに反逆者に対して無慈悲なものか――彼はそれを痛感していたのだ。

確かに彼は、世間に、新しい視点を与えた。人権はあくまでも平等なのだ。

だが、暴力団の権利を主張し始めるころから、彼の論調は怪しげになってきた。

彼は暴力団員にも一般の人々と同じ人権があると主張し、組織暴力がらみの裁判などで、暴力団側を弁護した。

暴力団にも、一般人と同じ権利が認められるべきだというのは、一応は正論だ。また、例えば、足を洗って堅気になりたいという組員がいれば、雇用、住宅などの機会均等は保証されるべきだ。

だが、暴力団と一般の人々はすでに平等ではないのだ。

例えば、一般の人々が何かの寄付金を集めて回るとする。たいていはけんもほろろの扱いを受けるはずだ。

だが、パンチパーマをかけ、黒いスーツを着て、襟にバッジをつけた男たちが同じことをしたらどうだろう。

寄付を断わる勇気のある人はあまりいないはずだ。

夜の街では、暴力団員が一般人よりも堂々としている。彼らは飲み屋では傍若無《ぼうじゃくぶ》人《じん》に振る舞い、クラブでは、ナンバーワンのホステスを独占する。

そして、暴力団員は国民の三大義務のひとつである納税をしていない。メルセデスを乗り回し、携帯電話を持ちながら、生活保護を受けていたりするのだ。

これではとても平等とは言えない。平等でないのに同等の人権を保証しろというのは、どこかに論理の欠陥がある。

しかし、野崎は、その欠陥をものともせず、正論を吐いているという強味で、自分の立場を押し通してきたのだった。

内村は、自分のやるべきことにちゃんと気づく男だ。彼は、机に向かい、天井を見上げてしばらく何ごとか考えていた。

やがて、彼は、また右脇にあるコンピューターのキーボードを叩いた。ディスプレイに文字と数字の列が次々と浮かび上がった。

それは、全国の弁護士とその電話番号の一覧表だった。内村は、それを見ながら、東京弁護士会に電話をした。


すっきりとした、一流会社の重役室のような部屋で、泊屋組組長、泊屋通雄《みちお》は電話を受けていた。

そこは組長室だが、現在は社長室と呼ばれていた。

今では泊屋組も、御多分に洩れず、代紋を外し、株式会社の看板を掲げている。

マレーシアからの国際電話だった。相手は新市だ。

泊屋が言った。

「佐伯だと？　あの佐伯か？　なんでまた、佐伯がそこにいるんだ？」

泊屋通雄は三十七歳という若さで、坂東連合の理事を務めるやり手だ。

かつては、坂東連合の宗本家、毛利谷《もりたに》一家の青年行動隊長として大暴れした猛者《もさ》だ。

彼は、きわめつきの粗暴さと、頭の回転のよさを持ち合わせた、仲間にとっては最も頼りになるタイプの男だ。

そばにいた代貸《だいがし》の蛭田《ひるた》が泊屋のほうを見て眉をひそめた。蛭田は、会社組織のなかでは専務取締役だ。

彼は泊屋組になくてはならない番頭だ。

泊屋も同様に、眉根にしわを寄せて、電話のむこうの新市の話を聞いている。

泊屋が尋ねる。

「それで若い者《モン》はどうした?」

新市の返事を聞いて、泊屋はさらに顔をしかめる。彼は言った。

「『MT開発』はうちの子会社だ。そっちは後回しにしろ。『マレーシアン・レアメタル』の件は、本家からの指示だ。へたを打つわけにはいかない。いいか。佐伯は、今じゃ警察官《サツカン》じゃないんだ。びびるこたあねえ。こっちでも手を打ってみる」

泊屋は電話を切った。

すかさず蛭田が尋ねる。

「佐伯の野郎がマレーシアに？」

「ああ、そうだ」

「何でまた……？」

「知るか。新市の仕事の邪魔をしたらしい。あいつは、若い者《モン》を置き去りにしなけりゃならんかったと言っている」

「新市が、ですか……」

「相手が佐伯なら不思議はない。あいつに痛い目にあっている組は数え切れない。あいつのせいで解散に追い込まれた組だってある。俺の甥筋《おいすじ》に当たる瀬能《せのう》を殺し、組を解散させたのも佐伯の野郎だ」

　泊屋は、話しているうちに怒りがこみ上げてきたようだった。

「だけど、それは佐伯が刑事《デカ》だったからで……」

「瀬能が殺されたのは、やつが警視庁をやめてからだ」

　いまいましげに泊屋は言った。

「そうでした……」

　蛭田は考え込んだ。「今、やつがいったいどういう立場で動いているのかが問題ですね」

泊屋がうなずく。

「俺もそれを考えていた。瀬能が殺されたときから思っていたんだが、刑事をやめて、ただの素人になったとも思えない」

「調べてみますか？」

「そうしてくれ。徹底的に、な……」

『環境犯罪研究所』の内村所長は、弁護士会を訪ね、ひとりの若い弁護士と会っていた。

弁護士の名は平井貴志《ひらいたかし》といった。三十二歳だった。

内村は平井とは初対面だった。電話で、暴力団対策について相談したいと言ったら、彼が代わって出たのだった。

平井は民事介入暴力のエキスパートだということだった。

衝立《ついたて》で仕切られた一角に応接セットがあり、内村と平井はそこに向かい合ってすわった。

内村はさりげなく平井を観察していた。内村の癖《くせ》だった。彼は徹底した調査も重視するが、結局、頼りにするのは自分の洞察力なのだった。

平井は生きいきとした眼をしていた。その眼がある瞬間に、鋭く光ることがある。やり手であることは一目でわかった。

内村は名刺を取り出した。平井も反射的に名刺を出す。ふたりは交換した。

「『環境犯罪研究所』……？」

平井が内村の名刺を見て言った。「これはどういった……？」

「環境庁の外郭団体と考えていただいてけっこうです。読んで字のとおり、環境問題にからむ犯罪の研究を行なっております」

「ほう……」

平井はわずかに鼻白んだような表情になった。内村はそれを見逃さなかった。

無理もない、と内村は思った。

政府の機関の外郭団体と自称するもののなかには、かなり怪しげなものも混じっている。

ゆすり、たかりのような真似をして、弁護士が乗り出していかなければならないような団体すらあるのだ。

「ご心配なく」

内村は言った。「私は現在も、環境庁の役人です。わが『環境犯罪研究所』のスタッフのほとんどは、現役官吏の出向なのです」

「はあ……。いえ、私は何も……」

「隠さなくてもけっこうですよ。あなたは、一瞬かもしれないが、私のことを疑い、『環境犯罪研究所』のことを怪しまれた」

平井はそれ以上ごまかそうとはしなかった。彼は笑いもせず、内村を見返した。

「かないませんな、どうも……」

その言葉とは裏腹に、平井の表情はきわめて真剣だった。平井も内村という人間を観察し始めたようだった。

だが、じきに平井はその試みがあまり意味のないことを悟るはずだった。

内村は素顔を決して見せない男なのだ。彼は一見、子供のように無防備に見えることがある。だが、それは巧妙な演技らしかった。

それでも、平井は、少なくとも内村が信じるに足る人間だということを悟った。

平井が言った。

「それで……？　その環境庁の外郭団体が、暴力団対策とは……？」

「環境問題にからんで暴力団が犯罪行為を働くというのは、ひとつのパターンになっているのです。例えば、産業廃棄物の不法投棄を暴力団が請け負い、それを資金源のひとつにするとか……」

「暴力団に頼めば、少なくない金を取られるはずですが」

「毒性の強い産業廃棄物や、多量に発生する産業廃棄物などに関しては、自分たちで処理するよりも、そのほうが安くつくのです」

平井はうなずいた。

「しかし、それは違法行為で刑事罰を受けるべきです。私の出る幕はないような気がしますね」

「本題はここからなのです。暴力団の環境犯罪にはもうひとつのパターンがあるのです。つまり、ある企業の環境破壊行為によって地域住民が被害にあっているような場合です」

「なるほど……。住民が訴訟を起こすような場合ですね……。そして訴訟を起こしている連中に暴力団が有形無形の脅しをかける……」

「そうです。数ある公害訴訟でも、暴力団が暗躍したケースは少なくありません。さらに悪質なのは、暴力団が原告側につく場合です。これにはふたつのケースがあります」

「わかります。味方のふりをして、運動を内側から切り崩す場合。もうひとつは、示談《じだん》に持ち込み、法外な手数料を要求する場合……」

「そのとおりです」

「しかし、訴訟になったら原告の身柄は徹底して保護されるはずです。暴力団が暗躍したところでどうにもなるものではありません」

「あなたのようなお立場なら充分にご承知のことと思いますが、彼らほど物事の裏をかくのがうまい連中はいない。原告に直接手は出さなくても、例えば遠くに住んでいる親戚などに手を出す……」

「……否定はできませんね」

「最近、特に問題とされるのは、海外での訴訟なのです。日本の企業が海外に進出して、森林伐採、ゴルフ場開発、鉱物資源の採掘などで環境問題を引き起こす事例が増えつつあります。特に東南アジアで著《いちじる》しいのですがね……」

「暴力団新法は、民事介入暴力への切り札でした」

平井は苦い表情で言った。「だが、新法施行によって、好ましくないふたつの変化が暴力団に起こったことも事実なのです。地下潜行と海外進出——つまりマフィア化です。私たちは、たいへん不名誉ながら、暴力を輸出することになりそうです」

「それはすでに始まっています。私どもはその典型的な事件にタッチしているのです」

内村は、白石景子から報告を受けていた『マレーシアン・レアメタル』社の採掘所にまつわる出来事を、順序立てて説明した。

話を聞き終わると、平井は考えをまとめるためか、わずかに間を取ってから言った。

「それだけ事実関係がはっきりわかっていれば、警察を動かすことができるでしょう。暴力団員が、殺人まで犯しているとなれば、これはもう弁護士の問題ではなく、警察の領分です」

「そう。それは簡単です。しかし、それでは、直接手を下した新市という男は逮捕されるかもしれませんが、泊屋組はたいして痛手を負わないことになるでしょう。警察が動き出したとたん、暴力団は敏感にそれを察知して手を打ちます。おそらく、新市は破門にされ、泊屋組、そしてその上の坂東連合にはほとんど影響が及ばないでしょう。それでは困るのです」

平井の眼が油断なく光った。

「あなたはいったい何を言おうとしているのですか」

かすかに怒りの響きがある。

内村は平気だった。

「新市という男は、『マレーシアン・レアメタル』社の一件とは別に、『MT開発』という会社が手がけているゴルフ場開発にからんで、やはり暴力行為を働いています。『MT開発』というのは、泊屋組が出資している現地企業です。そして、その『MT開発』の顧問弁護士をしているのが、野崎克明なのです」

「誰がどこの顧問弁護士をしたって違法ということにはなりません」

平井は怒りの表情で言った。「だが、あなたが言おうとしていることは違法の可能性がある。いいですか、暴力団と渡り合っていいことなどひとつもありません。勇気は別の形で表わすべきなのです。私たちの武器は法律なのです」

「私だって、一般市民には、暴力団に歯向かえ、などとは言いませんよ。しかし、私は政府の人間です。よりよい国を作る義務があるのです」

「信じ難いな。あなたのやろうとしていることは暴力団の抗争レベルでしかない。私は抗争に手を貸すことなどできません。暴力団を取締まるのは警察にまかせなければならないのです」

「残念ながら、構造的に、それは無理だと、私は考えているのです」

「無理……？」

「そう。警察の現場の人間がいくら頑張ろうが……」

「なぜです？」

「暴力団を育てたのは、現在の政府・与党だからです。そして、警察機構の本来の目的は、国家の権力、つまりはその与党を守ることにあるからです」

平井は、驚きのあまり、わずかに口を開いて内村を見つめていた。

内村は言った。

「きょうはこれ以上の話の進展は望めそうにありませんね。……。また連絡します」

彼は立ち上がった。平井は、立ち上がるのも忘れたように同じ姿勢ですわっていた。

内村はその場を去った。

午後七時を回り、泊屋通雄が社長室を出ようとしているところへ、代貸の蛭田が入ってきた。

「わかりましたよ」

「佐伯の件か？　早かったな……」

「サツ回りの記者たちは皆知っているようでした。別に秘密でも何でもないようでして……」

「それで……？」

「佐伯の野郎は『環境犯罪研究所』というところに出向になってるということです」

「何だそれは？」

「環境庁に関係あるらしいんですが……」

「環境庁……。なるほど……。公害訴訟をやってる村に現われても不思議はないわけか……。だが、出向ってことは、やつはまだ警察官《サツカン》なわけだな……」

「……らしいんですが、そこんところがどうもはっきりしねえんで……」

「その研究所の場所はわかってんのか？」

「はい。永田町です。それと……、瀬能組の生き残りから聞いたんですが、佐伯には六本木のクラブで働いている女がいるらしいんです」

「情婦《イロ》か？」

「おそらく……」

初めて泊屋がかすかに笑った。

「面白くなってきたじゃねえか……」

12

腹を竹槍で刺された若者とニール・アリマナールは、救急車でイポー市内の病院に運ばれた。

腹を刺された若者は、出血のため重傷のように見えたが、外から見るほどひどいけがではなかった。命に別状はない。

アリマナールのほうがはるかに危険だった。もう少しガソリンの量が多かったら焼け死んでいただろうと医者は言った。

上半身にひどい火傷を負っている。

それでも、彼は生きていた。その点だけが佐伯にとって救いだった。

泊屋組の若い衆は、救急車が到着して、けが人を運び込んでいる騒ぎの隙に逃げ出していた。

村人は彼らを追おうとはしなかった。佐伯も同様だった。

村人にとってはふたりのけが人のほうがずっと重要だったのだ。

すでに午前零時を過ぎている。ガラス張りの病室のまえで、佐伯はベンチにすわり、力なく、自分の手の指を見つめていた。

ひどく落ち込んでいるような姿勢だが、彼の眼がそうではないことを物語っていた。

佐伯の眼は暗く底光りしている。凶悪な感じすらする眼だった。

佐伯のすぐとなりに景子が腰を降ろした。いつものの、まるで体重がないかのような優雅なすわりかただ。

佐伯は身動きもしなかった。

景子が尋ねた。

「何を考えているのです？」

佐伯は間を置いてからこたえた。

「もちろん、アリマナールの容態についてだ」

「あなたは正直ね」

「何だって？」

意外な景子の言葉に、佐伯は思わず彼女の顔を見ていた。

「嘘がつけないということよ」

「そんなはずはない。刑事だったんだ」

佐伯はまた自分の指に眼を戻した。

「少なくとも、今のあなたは嘘がへただわ」

佐伯はしばらく黙っていた。

景子が言った。

「自分を責めているの？」

「責めている」

佐伯は、あいかわらず指を見つめたまま言った。

「自分の甘さを、な……」

今度は景子が黙った。佐伯が語り始める。

「俺は新市の様子を見るつもりでいた。すでにふたりを殺し、ひとりに重傷を負わせていたのに、だ。何も考えずに、見た瞬間に叩き殺すべきだったんだ。そうすれば、あの若者は腹を刺されることはなかったし、アリマナールが大やけどを負うこともなかった……」

「でも、あなたは約束どおり、新市を追っぱらった……」

「追っぱらうだけじゃいけなかったんだ。昔の俺なら、迷わず銃を抜いて新市の額を撃ち抜いていたはずだ。俺はいま後悔している。新市を殺さなかったことを……」

景子の手が伸びてきて佐伯の肩に触れた。その感触があまりに優しいので佐伯は驚いた。

顔を上げたが、なぜか景子の顔を見ることはできなかった。

景子が佐伯の肩に手を置いたまま言った。

「感情に走ってはいけないわ」

その声は、手の感触と同じく優しかった。冷淡ないつもの景子からは想像もできない。佐伯はその慈母のような優しさに面食らっているのだった。

しかし、景子は確かに佐伯の感情の昂《たかぶ》りを冷ました。佐伯は言った。

「感情的になっていないといったら嘘になる。だが、俺の経験から考えても、新市のような男は生かしてはおけない。世の中には悪事を働いた後、更生できる者とできない者がいる。ヤクザはたいてい更生できない。受け容《い》れる者がいない場合もあるが、多くの場合、更生する意志がないんだ。反社会的な行ないをすることを自慢にさえしている――それがヤクザだ」

景子は静かに手を引いた。

「私にあなたの仕事のやりかたを批判する資格はありません」

口調が改まっていた。「私はあくまで、あなたのお手伝いをするだけです」

佐伯は、その言葉をありがたいと思って聞いていた。しかし、不思議なほどの優しさが失なわれたことに、淋しさをふと感じた。


新市の右手に巻いた包帯にわずかに血がにじんでいる。

彼はホテルの部屋でじっと怒りに耐えていた。傷の痛みが苛《いら》立ちを助長している。

佐伯をこのままで済ますわけにはいかない――彼は真剣にそう考えていた。

採掘所の村の住民をさらに痛めつけることは、訴訟を取り下げさせる役に立つだろうし、佐伯に対する仕返しにもなる。

ドアをノックする音が聞こえた。

新市はドアを開ける。廊下にふたりの若い衆がたっていた。

ふたりはおびえ切っているように見えた。新市を恐れているのだ。

だが、新市はふたりのことなどどうでもよかった。彼は面倒臭げに言った。

「おう。戻ったか。入れ」

ふたりは意外そうに顔を見合わせた。殴られるくらいの覚悟はしてきたのだ。

彼らはおそるおそる部屋に入った。彼らはドアのまえに立って、叱られた犬のような眼で新市を見ていた。

新市はソファにだらしなく身を投げ出し、言った。

「明日、またあの村に行くぞ」

ふたりの若い衆はまた顔を見合わせた。何も言わない。

新市は続けた。

「まさか佐伯の野郎があんなところにいるとは思わなかった。不意をつかれたんでああいうことになったんだ。今度はやつがいるのがわかっている。負けるわけはねえ」

ふたりの若い衆はうなずいた。

「もう遅い。さっさと寝ろ」

新市が言うと、ふたりは、失礼します、と言ってさっと部屋を出て行った。

佐伯は朝早くに村へ戻った。

佐伯たちを村人がほとんど総出で出迎えた。佐伯は、また村の入口を封鎖しているのだと思った。

何とか村に入れてくれるように交渉しなければならないと考え、うんざりした。

その集団の中心人物は長老の息子のようだった。彼の名はアヌアールといった。

長老の息子・アヌアールは、あいかわらず不機嫌そうな顔をしている。

佐伯は景子とレラ・ヤップを伴なっている。彼は景子に言った。

「きのうの出来事はやはり刺激が強過ぎたようだ。彼らは俺をも恐れているようだ」

アヌアールが何かを言った。レラ・ヤップと景子が少しばかり妙な反応を示した。

ふたりは、じっとアヌアールの顔を見つめている。

アヌアールがさらに何ごとか言う。

レラと景子はまだ彼の顔を見つめている。佐伯は尋ねた。

「いったい何だと言ってるんだ?」

景子ははっと佐伯の顔を見てこたえた。

「彼はこう言っています。約束を果たしてくれたことを感謝する。これからは、私たちも戦うことにした。戦いを指導してもらいたい、と……」

「たまげたな」

佐伯は言った。「つまり、俺たちは歓迎されているわけだ」

「そうです」

佐伯が一歩進むと、村人が二手に分かれて道をあけた。英雄に対する態度だった。

佐伯、景子、レラはその道を通り、村に入った。

佐伯が景子に言った。

「長老の息子に言ってくれ。歓迎してくれるのなら、それらしい顔をしろ、とな」

「それは伝えないことにしますわ。外交上好ましくありませんからね」

「外交？　知ったことか」


午前十時を過ぎると、例によって太陽が牙《きば》をむき始めた。

人々の動きは少なくなる。どこかに人がいたとしても、それは風通しのいい木陰にごくわずか見られるだけになった。

村のなかは静まりかえっている。いつも暑い日中は静かになるのだが、その日は特別、静かだった。

男たちが仕事に出かけた様子はなかった。女子供の姿も見えない。まるでゴーストタウンと化したような不気味な静けさだった。

ココヤシが三本固まって生えている。その木陰に佐伯がいた。彼は木陰に腰を降ろし、右手に手裏剣を乗せてもてあそんでいた。

かすかに自動車のエンジン音が聞こえてきた。

佐伯は手を止めた。じっとりと湿った熱気のせいで絶え間なく汗が流れている。彼はズボンでてのひらの汗をぬぐい、手裏剣をベルトにはさんだ。

立ち上がる。

自動車は近づいてきて、村の外で停まった。それが音でわかる。三つのドアが次々に閉まる音。

やがて、新市がふたりの若い衆を連れて村の入口に姿を見せた。

佐伯がいる三本ヤシは村の中央に当たる。入口からそこまで、まっすぐの一本の道になっており、それが村のメインストリートになっている。

入口から三本ヤシのところまでが約五十メートル。

新市は入口で立ち止まり、周囲を見回した。彼は佐伯に眼を向けて言った。

「出迎えはてめえだけか?」

「自分がそんなに歓迎されると思っちゃいけない」

「なめた口叩くな。ちょっと静か過ぎるんじゃねえか?」

「意外と神経質だな」

「ふざけやがって……。何、たくらんでやがる？」

「俺が村人に交渉を依頼された。ただそれだけのことだ。日本人同士でよく話し合ってくれってな」

「交渉だと？」

「そうだ。村人に、暴力を振るうのをやめるように言ってくれと頼まれた」

「告訴を取り下げれば何もしねえよ」

「それはできないそうだ。村人の生活がかかっている」

「知ったことか」

「もちろん、あんたはそう言うだろうと思ったよ」

「村の連中は、おまえに交渉をまかせて村から逃げ出したというのか？」

「信頼されてるんでな」

新市は残忍な表情になった。彼の特徴的な表情だ。

「村から逃げ出したってことは村を捨てたってことだ。村を焼き払っても文句はねえってわけだよな」

「火をつけるのが好きなやつだな。成長していない証拠だ。村に火をつけるのは俺が許さない」

新市は、しゃべりながら、少しずつ歩を進めていた。

佐伯は徐々に近づいてくる新市を観察していた。彼はゆったりとした半袖のシャツを着ている。

シャツのすそはズボンのなかに入れており、彼自身は武器を携帯していないように見える。

そのうしろにいるふたりは、派手なアロハシャツを着ており、そのすそはズボンの外に出ている。

ふたりがシャツの下に刃物を隠し持っているのは明らかだった。

三人とも銃は持っていない。佐伯が見ればわかる。薄着で銃を持ち歩こうとすると、意外に目立つものだ。

佐伯は、さっと右手を上げた。

新市たち三人はぴたりと立ち止まった。今や彼らは、道の中程に達していた。

新市は言った。

「何の真似だ?」

佐伯がこたえる。

「さあな」

佐伯は上げた右手を振り降ろした。道の両脇に立つ家の、屋根の上に子供たちが姿を現わした。

彼らは新市めがけて、いっせいに石を投げつけ始めた。石といっても、拳大《こぶし》のものばかりだった。

石は丘の上の採掘所から運んできたのだった。

拳大の石が頭上から次々と降ってくるのだ。新市たちは頭をかかえて、あわてて退こうとした。

いきなり膝の高さにロープが現われた。

新市たちにはそう見えた。今まで、道の上に、薄く土をかぶせて横たわっていたロープが、両側から引かれて、ぴんと張ったのだ。

あわてていた新市たちは次々ともんどり打って倒れた。

家の陰から七人の男たちが飛び出してきた。彼らは目のところに穴をあけた布製の袋を頭からすっぽりとかぶっていた。

顔を見られていないという安心感だけで、人間は大胆になれる。

七人の男たちは先端を鋭利に切り取った竹の棒、つまり竹槍を持っていた。

投石が止み、七人の男は、地面に這いつくばっている新市たち三人を取り囲んで竹槍を突きつけていた。

新市は罵声《ばせい》を発して周囲を睨み回した。

佐伯は新市に近づいた。新市たちは尻もちをついた状態で身動きできずにいる。

「動かないほうがいいな」

佐伯が言った。「わかってると思うが、彼らは本気だ。本気にさせたのは、あんただからな」

若者が佐伯に近づき、十リットル入りのポリ容器を手渡した。

「これに何が入っているか、もちろん知っているだろう」

佐伯はキャップを回して外した。「ガソリンだ」

新市は何も言わない。ふたりの若い衆は、すでに恐怖の表情で佐伯を見上げている。

佐伯は新市の頭上からガソリンを浴びせた。たちまち、あたりにガソリンの強い臭いが充満する。

続いて佐伯はふたりの若い衆にもガソリンをかけた。ポリ容器は空になった。

佐伯はポリ容器を放り出すと、ポケットからジッポーのオイルライターを取り出した。村人のひとりから借りたものだ。

佐伯は煙草を吸わないのでライターを持ち歩く習慣がないのだ。

小気味いい金属音を立てて蓋《ふた》を開ける。そして着火ドラムに親指をかけた。

新市が奥歯を噛み鳴らした。若い衆たちは目を大きく見開き、真っ蒼な顔をしている。彼らは震えているようだった。

ふたりは、アリマナールが火だるまになり絶叫するさまを見ている。それだけに恐怖感は強いのだ。

「おまえが火をつけた若者は、正義感の強いいいやつだったよ。人の命の重さは皆同じだというが、そいつは違う。誰に訊いたっておまえなんかより、あの若者のほうがずっと立派な生きかたをしていたと言うはずだ」

佐伯はライターを近づけた。ガソリンが猛烈な勢いで気化している。すごい臭いだった。

新市の顔も蒼ざめている。だがそれは恐怖のためではない。

怒りのためだった。

新市は自分の顔面に突きつけられていた竹槍をいきなり左手で握った。それをぐいっと押しやる。

その竹槍を持っていた男は、自分が持っていた竹槍の柄尻を自分の腹を突かれる形になった。その男がひるむと、新市は勢いよく竹槍をひき、それを奪い取った。

そして、彼は立ち上がった。

「よくも虚仮《こけ》にしてくれたな」

新市の声はあまりの怒りに嗄《しわが》れていた。「火をつけられるもんならつけてみろ。おまえも道連れにしてやる」

村人たちが浮足立った。

佐伯は右手を上げて振った。村人たちは新市の包囲を解いて離れた。

若い衆たちはまだ立ち上がらずにいた。

佐伯も距離を取っている。彼は言った。

「願い下げだ。おまえと心中などしたくはない」

新市は竹槍を構え、切っ先を佐伯の顔面に向けた。武術の心得などなくても、彼は戦いのこつを知っている。

新市は言った。

「ガソリンなんざ、ただの脅しだ。てめえに火をつける度胸なんぞありはしねえ」

「度胸の問題じゃない。人間性の問題だ」

「てめえのおしゃべりはもうたくさんだ。ここで殺してやる」

新市は竹槍を構えたまま、佐伯めがけて一歩踏み出した。

新市は本気で自分を突き殺す気だ——佐伯はそう思った。新市の顔を見ればわかる。

佐伯はジッポーをポケットにしまった。再び手を外に出したとき、別のものが握り込まれていた。『つぶし』用のベアリングの玉だ。

新市は何やらわめきながら、もう一歩進んだ。槍が佐伯に届く距離だ。

だが、新市は槍を突き出すことはできなかった。

「あっ！」

新市は叫んで顔をおさえた。地面にベアリングの玉が落ちて転がった。

新市には、一瞬何が起こったかわからなかった。佐伯が何かしたのだと悟ったときにはもう遅かった。

佐伯は槍を避けながら新市の懐《ふところ》に滑り込んでいた。

右、左と横から打つ『張り』を見舞う。そして、膻中《だんちゅう》に『撃ち』を叩き込んだ。

膻中は胸の中央、胸骨のところにある中段最大の急所だ。『撃ち』は拳で打つのだが、その衝撃は杭《くい》を打ち込むように体を突き抜ける。

新市は、糸が切れたマリオネットのようにその場に崩れ落ちた。

さらに佐伯は倒れていく新市の顔を、迎え討つように回し蹴りで蹴った。

さすがの新市も、ひとたまりもなかった。倒れて動かなくなった。

佐伯はふたりの若い衆に言った。

「さっさと連れて行け。そして、一刻も早くマレーシアから出て行くんだ」

若い衆たちが、あわてて新市をかかえて去って行くと、村中から喚声が上がった。

13

来客の声がしたので、内村は眉をひそめ席を立った。所長室を出て、オフィスの出入口のほうを見ると、一目でヤクザとわかる男がふたり立っていた。

ひとりは、パンチパーマをかけた小太りの男で、浅黒く日焼けしている。左手のコンビのローレックスがたいへん下品だった。

右手にはお定まりの金のブレスレットをしている。

もうひとりは髪をオールバックにし、口髭を生やした背の高い男だった。

口髭のほうは、世をすねたような眼をしている。

内村は相手の用向きを尋ねた。

パンチパーマの男が、慇懃《いんぎん》な口調で言った。

「こちらに、佐伯さんってかたがお勤めだと思うんですが」

「佐伯は今、出張しておりますが」

「存じております。マレーシアですね」

「失礼ですが、どちらさまですか？」

「佐伯さんの前の職場の知り合いでしてね……」

パンチパーマの男は意味ありげに笑って見せた。凄んでいるのだ。

その瞬間に、内村は彼らがどこの人間で、何のためにやってきたかを知った。

彼らは泊屋組の組員なのだ。

泊屋組の連中は、役所だの、それに関連する機関だのの職員などは、自分たちが凄めばすぐにすくみ上がるものだと思い込んでいるのだ。

彼らは、佐伯の知り合いだ、と言って佐伯の職場でいやがらせをし、佐伯が働けなくなるようにしてやろうとやってきたのだ。

だが、相手が悪かった。

内村はヤクザたちの期待に反してまったく動揺の色を見せなかった。彼は平然と訊いた。

「それで、佐伯にどんなご用でしょうか？」

ヤクザたちは明らかにおもしろくなさそうな顔になった。

パンチパーマの男が言った。

「佐伯さんには、すぐにでも日本に戻っていただきたいのですよ」

その脇で口髭の男が無言の圧力をかけている。

だが、やはり内村は動じなかった。もともと内村の感覚は常人とは少しばかり異なったところがある。

「それはいったいなぜです？」

パンチパーマの男は、ついに大声を出した。

「理由なんか説明する必要はねえ！　さっさと佐伯を呼び戻せ！」

「それは無茶な話ですね。そんな要求は通用しませんよ」

「通用しねえところを、させるのが、俺たちの役目でね……」

内村は、まったくわけがわからない、といった表情になった。恐れているのではない。不可解に思っているような態度だった。

「とにかく、佐伯を、理由もなく呼び戻すことなどできませんよ……」

口髭の男が、きわめて品の悪い口調で言った。

「理由がなきゃ作ってやってもいいんだぜ」

「どういう意味です？」

パンチパーマの男がこたえる。

「言ったとおりの意味ですよ」

「具体的に言ってもらえないと理解できませんね……」

「佐伯さんが急に帰国したくなるようなことが起こるかもしれないということですよ」

パンチパーマの男は、また凄味のある笑いを浮かべた。

内村は何も言わなかった。

パンチパーマの男が言った。

「私らの言ったことをよく考えてみてください。今日はこれで失礼しますが、場合によっては、ちょくちょくお邪魔することになるかもしれません。では……」

パンチパーマの男が出て行った。口髭の男は、内村を睨みつけてからそれに続いた。

ふたりが出て行くと、内村はひとりごとを言った。

「なるほど、下等で頭の悪い連中だ。会話の中身がまったくない」

内村は、すでに彼らが何を言いたかったのかを悟っていた。

佐伯に関わりのある人間に何らかの危害を加える、と脅しているのだ。そして、佐伯に関わりのある人間というのは、内村の知る限り、六本木のクラブで働くミツコしかいなかった。

内村は、自分の席に戻り、コンピューターのキーを叩いた。

ミツコ——井上美津子《いのうえみつこ》の自宅の住所、電話番号、そして勤め先をディスプレイに呼び出す。

それをメモすると、すぐに自宅に電話した。

ミツコはまだ寝ているようだった。

「はい、もしもし……」

けだるげな甘い声がする。

「私、佐伯さんと同じところで働いております内村と申しますが……」

「ああ……」

ミツコの声がはっきりとした。「いつかコートを貸してくれた人ね」

「そうです。覚えていてくれましたか」

「もちろんよ。危いところ、助けてもらったんですもの」

「助けたのは佐伯さんですよ。今日、お電話差し上げたのは、その佐伯さんのことなんですが……」

「何かしら……」

「彼は、今、ちょっと込み入った仕事をしておりまして……。その関係で、面倒な連中とやり合わなければならないようなことが起こったのです。その影響があなたにも及ぶかもしれないのです」

ミツコは、かつては極めつけの不良少女だった。ヤクザの情婦だったこともある。そして、二十歳になった今、六本木のクラブでホステスとして働いている。

内村の話を聞けば、何のことかすぐにぴんときた。

「極道ね？　どこの組？」

「坂東連合泊屋組です。それで、しばらくはお店をお休みになるなり、自衛手段を講じられたほうがよろしいか、と思いまして……」

「水商売のコはね、そう簡単にお店を休めないの。一日休むととんでもないペナルティーを取られるのよ。それに、極道を相手にするんなら店に出てたほうが安全だわ」

「なるほどね……。わかりました。こちらでも打てる限りの手を打ちますよ」

「ありがとう。でも、あんまり心配しないで。私も水商売で生きてるのよ。極道がどんな連中かよく知ってるつもりだから」

内村は電話を切った。彼はつぶやいた。

「佐伯くんの留守中に、彼女に何かあったら、あとで何を言われるかわからない……」

内村はすぐに警視庁に電話し、刑事部捜査四課の奥野を呼び出してもらった。

奥野は、佐伯が警視庁にいたころ、いっしょに組んでいた刑事だ。彼の階級は巡査長で、まだ二十代の後半という若さだった。

「はい、奥野」

やや疲れ気味の声が聞こえてくる。不機嫌そうな感じさえする。

内村は名乗った。奥野の声がごくわずかだが好意的になったような気がした。

「ああ、チョウさんの……。それで何です？」

奥野は今でも佐伯のことをチョウさんと呼ぶ。

内村は言った。

「佐伯くんの仲のいいお知り合いが、六本木のクラブに勤めているのをご存じですか？」

「六本木の……？　ああ……。井上美津子でしょう。ヤクザの情婦になって堕《お》ちるところまで堕ちようというところを、チョウさんが助けたことがありましてね……。すごい美人ですよ。それで、井上美津子がどうかしましたか？」

「ちょっとした事情がありましてね……。坂東連合泊屋組の連中がちょっかいを出す可能性があるんです」

「ほう……。それはまた、どういう理由で……?」

「早く言えば、佐伯くんへの圧力ですよ」

「チョウさんは泊屋組と事を構えているというわけですか?」

「私どもの調査の対象が、泊屋組の連中にとって面白くないものだったらしく……」

「その調査の対象というのは?」

「『マレーシアン・レアメタル』社のモナザイト採掘所」

「例の『伊曾商』出資の……?」

「そうです」

「詳しく話をきかせてもらえますか?」

「かまいませんよ。ですが、それより、ミツコさんの身の安全が心配です」

「わかりました。そちらは手を打ちましょう。今日、これからお邪魔してよろしいでしょうか?」

「今日は予定があります。明日の午前中でしたら……」

「十時にうかがいます」

「ミツコさんのことはよろしく……」

「まかせてください」

内村は電話を切った。

次に内村は東京弁護士会に電話して平井弁護士との面会の約束を取りつけた。


「暴力団が脅しをかけに来ました」

内村は平井弁護士に会うと挨拶もそこそこに言った。

「泊屋組ですか？」

「おそらくは……。いや、そうとしか思えませんね」

「相手は名刺か何かを出しませんでしたか？」

「出しませんでした」

「名刺交換をすべきでしたね。暴力団員の名刺は脅迫の証拠になります。できれば、やりとりの内容も録音されるとよかった。そうしたものは後日、有力な証拠になります。暴力団新法施行以来、暴力団員が不当な要求をするのはすべて違法行為となり摘発できるようになったのですから……」

「今後は注意をしておきます。さて、彼らが私たちの研究所にやってきたということは、泊屋組が現地にいる新市のバックアップに動きだしたということです。私も、部下のバックアップを始めねばなりません。ご協力いただけないでしょうか」

「私の仕事は、法を武器に、不当な苦しみを味わっている人々を救うことです。暴力団を退治することではありません」

「いずれ、日本を変革するような大きな力が動き始めるはずです。それは、内側からでなく、国際的な視野に立った動きとして現われることになるでしょう。暴力団を掃除するのは、その一環でしかないのですよ」

平井はまたしても驚きの表情で内村を見た。内村は平然としている。

内村は続けた。

「アメリカのマフィアは五千人しかいないといわれています。一方、日本のヤクザは八万八千人もいるのです。この小さな国に八万八千人です。そして、これまで彼らは威圧的に組の代紋を玄関先に掲げていたのです。犯罪集団がこれほど社会に容認されている国は他にはないでしょう。そして、ある企業は暴力団に融資し、政治家もこれを都合よく利用してきた。かつて大物フィクサーと呼ばれた人間はすべて暴力団と関係しています。しかし、今や黒幕と呼ばれるほどのフィクサーはいなくなりました。政界・財界・暴力団の癒着《ゆちゃく》はマスコミによって次々と暴かれていきます。時代は変わりつつあるし、変えなければなりません」

「あなたはどういう立場でそういうことをおっしゃっているのですか?」

「個人的な意見やいいかげんな予言などではない、とだけ言っておきます」

「国の役人として発言されているというわけですか?」

「もちろん非公式の発言ですがね……」

「しかし、私にお手伝いできることはなさそうですね……」

「あなたがいつもなさっていることでけっこうなのです。ヤクザに対抗するには法だけでは不足です。だが力だけでも不足なのです」

平井はしばらく考え込んでいたがやがて言った。

「私は今の立場を惜しんでいるわけではありません。私の信じる正義に反することをしなければならない——それを恐れているのです」

「暴力団にはいかなる正義もあり得ない。その点だけははっきりしていると思いますが?」

平井が内村の眼を見つめた。

「あなたは私の弱いところをついてきた」

「そうですか?」

「私は暴力団が憎いのです。関われば関わるほど彼らに対する怒りはつのるばかりなのです」

「ほう……」

「先日、お話をうかがったときから、実は心が動いていたのです。どうやら私は、あなたの依頼を断われそうにない」

「長い付き合いになりそうな気がします」

「さっそく、何から手をつければいいか考えることにしましょう」

「泊屋組には野崎克明弁護士が付いています。その対策をあなたにお願いしたいのです」

「やりにくい……。だが、やらなければならないようだ……」

内村と平井は相談を始めた。


ミツコは、ロアビルそばの雑居ビルにある『ベティ』というクラブに勤めている。六本木のクラブの客筋といえば、一時期は不動産屋と芸能・音楽業界人がメインだった。それに暴力団員だ。

バブル景気が崩壊し、不動産屋がクラブから姿を消した。クラブは暇になり、店を閉めるところが相次いだ。

『ベティ』は辛うじて生き残っていた。

店は十二時までだが、ミツコはたいてい十二時過ぎまで居残る。客が引き上げない限り、上がるわけにはいかないのだ。

その日は初めての客が、看板まで居すわっていた。グレーの背広に地味なネクタイをした三人組だが、髪型や物腰から暴力団員であることがわかった。

店にとってみれば、ミツコはこうした客に対して頼りになるホステスのひとりだった。

閉店間際に、その客たちは食事に付き合えと言い出した。

「ごめんなさい。また今度ね」

ミツコはそつなくかわす。だが客はしつこくミツコを誘った。

三人のうちひとりが言った。

「言うこと聞けよ。おとなしくしたほうが身のためだ」

その一言がミツコの怒りを買った。

「ふざけないでよ。あんたたち、そんなんで女を落とせると思ったら大間違いよ」

「何だと、こらあ」

大声を上げて男たちのひとりが立ち上がった。

タキシードを着た男の従業員が飛んできた。

「どうかなさいましたか？」

「どうかしたかだと？」

立ち上がったヤクザが大声で息巻いた。

「この店のサービスはどうなってんだ？」

従業員はミツコを見た。ミツコは堂々としていた。とても二十歳の娘とは思えない。

「この人たち、私を店の外に連れ出そうと躍起《やっき》になってるの。言っときますがね、店が終わったあとは私のプライベート・タイムよ。口説くつもりなら出直してくるのね」

まだ椅子にすわっているふたりのうち、片方が言った。

「そうはいかんのだ。腕ずくでも連れて行かにゃあな……」

タキシードの男が言った。

「ちょっと待ってください」

「うるせえ！」

立っていた男がタキシードの男を突き飛ばした。「俺たちは坂東連合泊屋組の者《モン》だ。文句あるなら聞いてやるぞ」

「暴力はいけないな……」

誰かが脇から声をかけた。

さきほどからカウンターでちびりちびりと飲んでいたふたり組が立っていた。

立っている泊屋組の組員が言った。

「何だてめえは、極道なめると病院のベッドで後悔することになるぞ。ときには墓の下に入ることもある」

「立派な脅し文句だ」

ふたり組の片方が言った。その男は刑事の奥野だった。「脅迫の現行犯だ。暴力団対策法にも違反している。坂東連合は指定団体だからな。そして、威力業務妨害に公務執行妨害もくっつけてやろう。たっぷり臭い飯が食えるぞ」

奥野はそう言いながら、星章のついた黒い手帳を出して見せた。

泊屋組の三人は、その場に凍りついた。

「くそっ！」

立っていた組員が逃げ出そうとした。奥野は足をかけた。走り出そうとしていた組員は床にひっくりかえった。

奥野は銃を抜いていた。ニューナンブ・リボルバーだった。

彼は言った。

「六本木あたりで銃《チャカ》をぶっぱなすのは、おまえらヤクザくらいのもんだ。だが、俺もためらわずやるぜ。相手がヤクザならな」

彼の連れも銃を抜いている。床に倒れた男にはすでに手錠がかけられていた。

応援の警官がやってくるまで、奥野たちふたりは辛抱強く銃を構えていた。

泊屋組の三人は到着した所轄署の刑事と制服警官が連行して行った。

さすがのミツコも驚いていた。奥野はミツコに言った。

「佐伯さんといつもいっしょだった奥野です。覚えてませんか？」

「驚いたわ。すっかり見違えちゃった。芸風が佐伯さんに似てきたわよね……」

「チョウさんの直《じき》弟子ですからね。警視庁からあの芸風を絶やすのは惜しい」

14

車のなかで意識を取り戻した新市は、まずひどい頭痛に顔をしかめた。左側の後頭部から首、肩にかけてずっしりと重たい痛みがある。

そして、その痛みは佐伯に蹴られたためだということに思い当たり、猛烈に腹を立て始めた。

「すぐ引っ返せ!」

新市は言った。

「若衆頭《かしら》!」

珍しく若い衆が反対した。「今行ってもやられるだけだ。村のやつら、すっかり武装してやがる、こっちもそれなりの用意をしたほうが……。若衆頭《かしら》のけがの具合も心配だし」

「どうってことねえよ……」

「でも頭を蹴られたんだ。自分は見ていてぞっとしました」

「ばかやろう。極道がそれくらいのことでびびって商売になるか！」

「しかし、今日のところは……」

新市は、その若い衆の顔をしばらく見つめていたが、やがて力を抜き、シートにもたれた。

言われてみればひどい気分だった。ガソリンはあらかた気化してしまったようだが、それでも強い臭いがしていた。

若い衆は、車の電気系統から引火しないかとびくびくしていた。

新市は言った。

「……おまえの言うとおりだ。出直すとしよう」

それを聞いて、ハンドルを握っていた『伊曾商』の桜木も、心からほっとした顔をしていた。

部屋に戻り、衣類をクリーニングに出させ、シャワーを浴びた新市は、クアラルンプールの『MT開発』に電話をかけた。

新市は取締役営業部長の島田弘《しまだひろし》を呼び出してもらった。

「島田だ」

野太い声が聞こえる。

「兄貴。新市です」

「おう、章吾か。どうした？」

「拳銃《チャカ》、手に入りませんか？」

「拳銃だ？　いったいどうしたんだ？」

「本家から言いつかった仕事なんですが……。村にちょっと面倒なやつがいまして……」

「何者だ？」

「佐伯という男です。もと刑事《デカ》なんですが……。どうしてもこいつを殺《や》らんことにゃ……」

「そうか……本家から言われた仕事っちゅうんなら、考えにゃならんな……。拳銃《チャカ》は何とかなる。だが、それを届けにゃならんからな……」

「若い者に取りに行かせます」

「いや、ドジ踏まれると大変なことになる。うちの江守《えもり》に届けさせよう。頼りになる男だ。届けるついでだ。その本家の仕事とやらを手伝わせよう」

「いや、兄貴。そこまでしてもらっちゃあ……」

「水臭えこと言うな。ホテルは、タンブン・インだったな」

「すいません……」

「気にするな。こないだはいい仕事してもらったんだ」

電話が切れた。新市は受話器を置いた。


「村人が待っていたのは、あなたのような人だとレラは言ってるわ」

景子が佐伯に告げた。

佐伯が新市たちを追っ払うと、村人たちは手を取り合って喜んだ。

今回は、自分たちもいっしょに戦ったのだから嬉しさも格別なはずだった。

だが、佐伯は浮かぬ顔をしていた。

「何が気にいらないの？」

「やはりまだ甘いような気がしてな……」

「どういうこと？」

「新市はこのまま引き下がるようなやつじゃない」

「二度も追っ払われたのに？」

「ヤクザはしつこいのさ」

「また来るってこと？」

「ああ……。おそらくは、もっと準備をととのえてな……」

「準備？」

「武器を調達しようとするだろう。もしかすると銃を手に入れるかもしれない」

「旅行者が銃を手に入れるのは無理だわ」

「マレーシアには『ＭＴ開発』がある」

景子は唇を噛んだ。

彼女は佐伯の言葉の正しさを悟ったのだ。佐伯は捜査四課《マルボウ》にいた。暴力団に関してはプロなのだ。

佐伯がさらに言った。

「アヌアールに話してくれ。まだ気をゆるめるのは早い、と……」

レラ・ヤップが佐伯と景子の表情を読み、不安そうな顔になった。景子はそれに気づき、レラに事情を話した。

景子は英語で言った。

「レラ、いっしょに来て。アヌアールに話さなければ……」

景子とレラが連れ立って部屋から出て行こうとした。

佐伯が言った。

「それと、もうひとつ。今度やつらが来たら、じっと隠れていろと言ってくれ」

「なぜ？」

景子が訊く。

「やつらは叩くたびに危険になるんだ。もし銃を持っていたら、平気で村人を撃つ。今度は俺ひとりが相手をする」

「わかったわ」

景子とレラは出て行った。

言ってしまってから、佐伯は思った。

ひとりで相手をして勝てるだろうか？　ヤクザを敵にした場合、負けるというのは死ぬということを意味するのだ。

それだけではない。佐伯の死は村人の悲劇を意味している。新市の怒りを買った村人がさらに何人か殺されるかもしれない。

ただの殺しかたではない。惨殺だ。

そして、白石景子も――。

数分で景子とレラは戻ってきた。アヌアールがいっしょだった。

「話をしなければならない、とアヌアールは言うの」

景子が言う。

「何の話だ？」

佐伯が問うと、景子はアヌアールのほうを向いてうなずきかけた。

アヌアールが話し始める。ぶっきらぼうな話しかただが敵意は感じられない。

景子が通訳する。

「われわれは戦いをあなただけに任せることはできない。これはわれわれの戦いなのだ。彼はそう言っているわ」

佐伯はかぶりを振った。

「もはや素人の出る幕じゃない。けが人や死人がまた出ることになる」

「どうか、われわれの誇りを尊重してほしい。人間には死んでも守らねばならないものがある。われわれは誇りをかけて戦うのだ――と彼は言ってる」

佐伯は驚いた。そして、自分でも意外だったが、感動していた。

誇りのために戦う。守るべきもののために戦う。信じるもののために戦う――俺たちはいつそういうものを忘れたのだろう。そういうことを大切だと言わなくなったのはいつの頃からだろう。佐伯はそんなことを思った。

彼は言った。

「あんたが死ぬかもしれないんだぞ」

アヌアールの言葉を景子が訳す。

「かまわない。村を、そして家族を守るために戦って死んだ私を、アラーの神は祝福してくれるだろう。そして、妻や子は私を誇りに思うはずだ」

佐伯はアヌアールから眼をそらし、かぶりを振った。

「ばかだな……」

彼はつぶやいた。「感動的な愚か者たちだ……」

「それも訳します？」

「いや、いい。アヌアールにこう言ってくれ。相手は手負いの獣だ。決して油断するな、と――」

景子が通訳すると、アヌアールはうなずき、去って行った。

その日、真夜中を過ぎても、佐伯は心が昂ぶって眠れなかった。

約束どおり、午前十時に、奥野刑事が『環境犯罪研究所』にやってきた。

刑事はたいていふたり一組で行動するが、このとき、奥野はひとりだった。当然、内村はその意味を考えた。

内村は奥野を所長室に招いた。机のまえに折り畳み式の椅子を出し、奥野にすすめる。

自分は机のうしろに回り、腰かけた。机をはさんで奥野と向かい合う形になった。

「ゆうべ、泊屋組の組員三人が、井上美津子の職場に現われました」

奥野が切り出した。

「お店にですか？　客として？」

「閉店後、連れ出そうとしたようですね。おめでたいやつらだ。その場でしょっぴきましたよ」

奥野の表情がわずかに曇った。「ただね……。やつらのうしろには、あまりおめでたくないやつが付いていて……。三人は、起訴されないまま、今朝《けさ》、釈放になりました」

「あまりおめでたくないやつ……」

内村は言った。「野崎克明弁護士のことですか？」

「ほう……」

奥野は表情を引き締めた。「妙なことをご存じですね……」

内村は、その言葉には取り合わず、尋ねた。

「どうして起訴されなかったのですか？」

「野崎弁護士の腕でしょうね。私らがくっつけた罪状をすべてひっくり返してしまった。たとえば私は威力業務妨害と暴力団対策法でやつらを起訴できると思っていました。普通なら起訴されていたでしょう。だが、野崎は店の従業員らの証言をまとめて、客が店に対して正当なサービスの要求をしただけ、と受け取れる資料を作っちまったんです。ゆうべから今朝《けさ》の間に、ですよ」

「なるほど……」

「公務執行妨害もだめでした。まず私らが公務であることを相手に宣告しなかったからです」

「法で縛ろうとしても、敵はその抜け道を必ず見つけてくる、というわけですね」

「暴力団新法はザル法だと世間で悪口を言ってますが……。まあ、そいつを全面的に否定することはできませんね」

「刑事というのが、こんなに正直だとは思いませんでした」

「いろいろ考えましたが、今日は刑事としてやってきているのではないのです。その証拠に私はひとりです。刑事が仕事をするときはたいていふたり一組で動きます」

「刑事としてではなく……？」

「そう。単に、佐伯さんと親しい人間として話をうかがいに来たのです」

「だが、あなたは警視庁に勤める警察官であることには変わりはないでしょう」

「ひとりで来たのは、同僚にも聞かせたくないような話をする可能性があると考えたからです」

内村は奥野を信用することにした。奥野は佐伯を尊敬している。憧れているといってもいいくらいだ。

内村はそのことに気づいていた。井上美津子が勤めるクラブに本人が足を運んだのもそのせいだろうと内村は思った。事実、そのとおりだった。

「詳しく話してください」

内村が何も言わないので、奥野が催促した。

内村はまず、佐伯に渡したのと同じファイルを奥野に差し出した。

そして、『マレーシアン・レアメタル』社に対する村人の訴訟。その村に対する坂東連合の毛利谷一家や泊屋組の動き、新市の行ないなどを話した。

説明を聞き終わると、奥野は言った。

「なぜ警察にその話をしないのです」

彼の眼には怒りの色があった。内村はぽかんとした顔になって言った。

「……だから、今してるじゃないですか……」

「そんな重大な話を聞いて黙ってはいられない。電話を拝借します」

「どこに電話なさるおつもりですか？」

「もちろん、警視庁にです」

「トカゲの尻尾だけをつかまえる気ですか？」

「何だって？」

「警察が動けば、確かに実行犯の新市だけは逮捕できるでしょう。でも、新市をつかまえたとたん、泊屋組は新市との関係を切り、ましてや、新市と毛利谷一家とのつながりは決して明らかにならないでしょう」

「そんなことはわかっています。いいですか。こっちはプロなんだ。その辺のところはうまくやりますよ」

「警察が広域暴力団をつぶしたことが過去に一度でもありますか？」

奥野は口をつぐんだ。

内村が続けた。「組員を逮捕したり、どうでもいいような弱小暴力団を解散に追いやったことは数え切れないほどあるでしょう。しかし、警察が暴力団あるいはヤクザという存在に決定的ダメージを与えるようなことを、一度でもやったことがありますか？」

「今までは法の整備が不充分で……。しかし、暴力団新法施行後は……」

「同じですよ。広域暴力団は事実なくなっていません。警察にはできないんです」

「ばかなことを言わんでください。私たちは夢中でやつらと戦っている」

「暴力団員が八万八千人、一方警察官は二十万人。本気でやれば暴力団などつぶせるはずです」

「それじゃ抗争だ。何の解決にもならない」

「では、新法が暴力団問題の根本的な解決になりますか？」

「いや、それは……」

「確かに現場の人はたいへんでしょう。だが、警察の外の人間から見れば、暴力団と警察は共存共栄を図るために馴れ合っているようにさえ思えるのです」

「いいかげんにしないと怒りますよ」

「怒っていただいてけっこう。だが、かつて警察の組織のなかにいて、同じことを考えていた人間がいるのです」

奥野には、内村が誰のことを言っているのかすぐにわかったようだった。

内村は言った。

「そう。佐伯くんです。彼はひとりで戦い続けていました。そして、今もマレーシアで戦っているのです。彼は中途半端な警察の介入など決して望まないでしょう」

奥野は内村を見つめていた。内村は臆することもなく堂々と見返している。

奥野はうなずいてから言った。

「あなたの言いたいことはわかりました。だが私も警察官だ。事実を知った以上、放っておくわけにはいきません」

「場合によっては、佐伯くんが敵に回るかもしれませんよ」

「敵だ味方だ、などとばかばかしい。戦争じゃないんだ。私らは法の番人なんです」

「本気で暴力団をなくそうと思ったら、戦争しかないのですよ。少なくとも佐伯くんは戦争のつもりでしょうね」

「その考えかたは危険ですね。いいでしょう。私は私のやりかたで、あなたにも佐伯さんにも文句を言われないように動くことにします」

「とりあえずは、井上美津子さんのことが心配ですね。一度くらいで懲《こ》りる連中ではありませんから」

「わかっています。その点も任せてもらいましょう」

奥野は立ち上がり出口に向かった。

彼がドアを開けて出て行くと、内村は笑顔を浮かべていた。

「純粋ないい若者じゃないか」

内村はずいぶん思い切ったことを言ったが、すべて本気で言ったわけではなかった。

奥野を刺激し、慎重に動くようにするためだったのだ。内村は目的を果たしたようだった。


熱帯の太陽がいつものように、重苦しいほどの熱気をもたらした。湿度もたいへん高く、空気が肌にまとわりつくような感じがする。

佐伯は九本の手裏剣を、ベルトに刺し、ベアリングの玉をポケットに入れていた。

彼は村の入口に一番近い家の、窓と戸口を開け放った部屋に陣取っていた。

その家の住人たちは、奥のほうの家に避難している。

昨日と同様に、村のなかはまるで無人のようにひっそりとしていた。

昨日と違うのは、戦う人数が限られているということだ。女子供、老人などは、危険なため、奥のほうへ避難している。

俊敏な男たちだけが戦いに参加することになっているのだ。

彼らは戦いの経験などないはずだった。だが、未経験者でも、指導する者がしっかりしていればゲリラ戦は行なえる。

佐伯は部屋のなかで汗を流していた。

このときほど刑事のときに持っていたニューナンブ・リボルバーが欲しいと思ったことはなかった。

恐ろしいのは、こうした戦いのまえなのだ。自然と震えがくる。逃げ出してしまいたくなる。

つい、悪いほうへ悪いほうへと物事を考えてしまう。佐伯は無意識のうちに手裏剣を抜き取り、右手に握っていた。

かすかにエンジン音が聞こえてきた。

来た。

佐伯はぴたりと身動きを止める。エンジンのうなりは徐々に近づいてくる。やがて、村の入口のところに車が停まった。

ドアの閉まる音が聞こえる。四回聞こえた。四人の男が降りてきたということだ。昨日よりひとり多い。

拳銃が四挺では勝ち目はほとんどなくなる。佐伯は全員が銃を持っているのではないことを祈った。

あるいは、もっとうまくすれば彼らは銃を持っていないこともあり得る。だが、それは望み薄だ。

新市の声が聞こえてきた。

「佐伯、出て来い！　来なけりゃ、こっちから行くぞ」

佐伯は、両手に一本ずつ手裏剣を持った。中指の上に乗せ、人差指と薬指で両脇から支える。そして親指で上から抑えて持つのだ。

手の甲の側から手裏剣は見えない。

ひとつ深呼吸すると、佐伯は戸口から外へ出た。

新市と彼の舎弟分のふたり、そして、佐伯が見たことのない男がいた。

新市は佐伯を見るなり腰からリボルバーを抜いた。

佐伯は、今出てきた戸口へ向かって頭から飛び込んだ。次の瞬間、銃声が聞こえた。

15

佐伯は一瞬にして口のなかが乾くのを感じた。舌の根元が冷たく感じられる。熱気による汗ではない冷たい汗が流れ出る。

男たちの足音が聞こえた。二手に分かれるようだ。

佐伯は床から起き上がり、窓の脇に身を寄せた。

戸口から突入しようとしている若い衆の姿が見えた。その若者は右手に匕首を握っている。

彼は銃を持っていない。佐伯は窓の脇で待ち受けた。

その窓と戸口は同じ側にある。若者が大声を上げながら突っ込んできた。佐伯はその姿を横から見ることになる。

「足を洗えと言ったはずだ」

佐伯が言うと、若者は、はっと佐伯のほうを見た。

佐伯の右手が一閃する。手裏剣が若者の膝に突き刺さった。膝蓋骨《しつがいこつ》のすぐ下の靭《じん》帯《たい》を貫いている。

蹴られただけで飛び上がるほど痛いところだ。そこに手裏剣が刺さったのだからたまらない。若者は悲鳴を上げて床に転がった。

匕首は放り出していた。

佐伯は床の上でもがいている若者に、滑るような足取りで近づき、サッカーボールのようにその頭をうしろから蹴り上げた。インステップキックだった。

若者はたちまち眠った。

銃声がして、部屋のなかの木の柱に着弾した。

佐伯は思わず首をすくめていた。

戸口の外から新市が撃ったのだ。佐伯は木製のテーブルを倒し、天板を戸口のほうに向けた。その陰に隠れる。

新市がもう一発撃った。銃弾は倒れたテーブルの天板を撃ち抜いた。天板にはささくれ立った穴があいている。

佐伯は背後を見た。寝室へ通じるドアがある。ドアは手前へ開くはずだった。

彼は床の上を匍匐《ほふく》前進した。また銃声がして弾がテーブルを貫く。佐伯はいきなりドアに飛びつき、寝室へ転がり込んだ。

今度はドアに着弾する。

佐伯は大きく息をつき、起き上がった。寝室は今までいた部屋より、さらに薄暗い。

彼は無意識のうちに、新市が何発撃ったかを数えていた。四発。リボルバーのシリンダーのなかには普通六発入るから、残りはあと二発。撃ち切ったときに反撃のチャンスはあるはずだと佐伯は思った。カートリッジを補塡《ほてん》するのは、慣れないと時間がかかるものだ。

一瞬、佐伯は全身の毛が逆立つような感じがした。

彼は、まったく反射的にその場から飛びのいていた。

ベッドの陰にうずくまっていた影が佐伯に向かって突進していた。その影は匕首を構えていた。

佐伯が位置を変えていなければ腰を深々と刺されていたはずだ。

実戦で鍛え抜いた第六感が彼を救ったのだ。

佐伯は、横から相手の膝のあたりを蹴り降ろしていた。空手のように足刀は使わない。踵《かかと》で蹴っていた。

踵は日常生活で全体重を支えている。常に鍛えられているし、きわめて丈夫な部位だ。そのため、『佐伯流活法』では踵による蹴りを多用するのだ。

匕首を持った男はバランスを崩して片膝を床についた。顔面が無防備になる。

佐伯は、その顔面に、肘を叩き込んだ。空手で言う『振り猿臂《えんぴ》』だ。思いきり腰をひねって、肘はヒットしたあとも振り抜いた。

ぐしゃりと骨のつぶれる感触がある。鼻の骨と前歯を叩き折ったのだ。

相手は大きくのけぞる。その後頭部に、さらに回し蹴りを見舞う。相手は片膝をついていたので、頭が中段の高さにあったのだ。

男は、うつぶせに倒れ、額をしたたか床にぶつけた。そのまま動かなくなる。

暗がりに眼が慣れ、その男は、もうひとりの若い衆だとわかった。寝室の窓から侵入してきたのだ。

そのとき、佐伯は、驚いたことにまだ左手に手裏剣を持っていた。

彼は、静かに窓に近づいた。外はまぶしい。しばらく気配を探る。その窓のそばには誰もいないようだった。

となりの部屋にはすでに新市が侵入してきているはずだと佐伯は思った。今、この窓から外へ出るべきなのかもしれない。

だが、佐伯は嫌な予感がした。

その窓のむこうに不吉な運命が待っているような気がしたのだ。

これまで、銃を撃っているのは新市ひとりだ。だが、佐伯はもうひとりの男を気にしていた。

角刈りで不健康そうにやせて唇の色が悪い男だ。『MT開発』の江守だった。

佐伯は江守のことを、死に神のような男だと思っていた。

彼は勘に従うことにした。窓から外へ出るのはやめて、若い衆のひとりがやっていたように、ベッドの陰に隠れることにした。

彼は左手に持っていた手裏剣を右手に持ち替え、中指に構えた。そして、ふたつのベッドの間にうずくまり、息を殺した。

居間のほうで足音がする。新市に違いなかった。新市は寝室のドアの外で立ち止まった。

むこうも警戒している。火力の優位をたのんで無謀に攻めてこようとはしない。そこが新市の恐ろしいところだった。

そして、まるで死神のような江守も不気味だった。

佐伯は暑さを忘れていた。ただ体だけは反応して汗をしたたらせる。

新市の銃弾はあと二発。その二発に当たらなければチャンスはある、と佐伯は考えていた。

だが、その二発に当たらないという保証は何もないのだ。

銃弾による傷はおそろしいくらいに行動の自由を奪う。ナイフで刺された傷などとは根本的に違うのだ。

弾丸の持つエネルギーのせいだった。かすっただけで、皮膚はショックのため感覚を失なう。

骨に当たれば骨を砕く。貫通すれば、抜けるときにすり鉢状の穴をうがっていく。いずれもひどいけがとなる。貫通してもしなくても出血はひどい。

佐伯はそのおそろしさをよく知っていた。同じ飛び道具でも、銃と手裏剣では意味が違うのだ。

ドアを開けて新市が入ってきて、佐伯をすぐに見つけたら、佐伯は助からないだろう。

だが、佐伯にはひとつの狙いがあった。

新市が寝室のドアを開け、一番最初に目にするのは、舎弟分が倒れている姿のはずだ。

そこで新市が少しでも動揺すれば、その隙をつくことは可能だった。

ドアが少しずつ開き始めた。わずかにだが居間のほうが明るいので光が差し込む。ドアが開くと新市が立っていた。彼は油断なく銃を構えている。若い衆が倒れているのを見ても、まったく気にした様子はない。

これで佐伯の望みが消えた。

新市はまだ部屋のなかに足を踏み入れて来ない。入ってきたらすぐに発見されてしまうだろう。

このときになって佐伯は窓の外へ飛び出さなかったことを悔いた。窓の外も危険なことはわかっている。迷いが生じているのだ。

拳銃対手裏剣では、佐伯のほうが圧倒的に分が悪い。拳銃は指の動きだけで撃てるが、手裏剣を打つには、最低でも肘と手首の動きが必要だ。

さらに威力と正確さを期するなら、腰の切れを使わなければならない。

佐伯は無力感を覚えた。一瞬、絶望しそうになる。

そのとき、外で複数のわめき声がした。続いて銃声がする。

新市はその音に反応した。彼はさっと踵を返して外へ駆けて行った。

佐伯は胸を撫で降ろしたが、次の瞬間、とても安心していられる状況ではないことに気づいた。

外で聞こえたわめき声は、村の男たちのものだった。そして、銃声は、あの死神のような男――江守が撃ったものだった。

やはり、もうひとりも銃を持っていた――佐伯はそう思った。

そして、もうひとりの男は、村人に対して発砲したのだ。佐伯はそのことを知り、窓に駆け寄った。

また銃声が聞こえる。

江守が撃ったのか、新市が撃ったのか佐伯にはわからない。

もう新市の残り弾数を数えることに意味はなくなった。一発の誤算が死につながるのだ。もう考えないほうがいい。

佐伯はさっと人影がないのを確かめて、窓から飛び降りた。右手に手裏剣を持っている。壁に身を寄せて表の通りのほうへ進む。村の入口から三本ヤシまでの道だ。

屋根の上で人が動くのを見た。村の男たちが屋根の上から、竹槍を投げているのだ。

竹槍は地面に転がったり、突き立ったりしている。そのたびに大きな音を立てる。

屋根の上を狙って江守が拳銃を撃った。佐伯は建物の陰からその姿を見ていた。

新市の姿は見当たらない。

江守までの距離は七メートルほどある。手裏剣で狙える距離だった。

佐伯はゆっくりと息を吐いていった。気が上がった状態では命中率は落ちる。呼吸を吐き、気を臍下丹田《せいかたんでん》まで降ろさなければならない。

丹田に気が充実する。佐伯はさっと片膝を地面についた。額に構えた手裏剣をまっすぐに打ち出した。『本打ち』という基本の打ちかただ。

手裏剣は江守の右肩に吸い込まれていった。きれいに命中したときは、実際に手で突き込んだときのような手応えを感じるものだ。

このとき、佐伯はしっかりとした手応えを感じた。

打ち終えたとき、すでに左手で次の手裏剣を抜いていた。すぐにそれを右手に持ち替え、打つ。

江守の肩に、続けて二本の手裏剣が突き刺さった。そのうちの一本は臂臑《ひじゅ》のツボを貫いている。三角筋が集束する腱の部分で、指で押すだけで痛い場所だ。

だが江守はただ驚いたように自分の肩を見ただけだった。

彼は左手で無造作に手裏剣を抜いた。子供に悪戯をされた大人のような態度だった。二本の手裏剣をしげしげと見つめていたが、それを不愉快げに放り投げた。

おそろしく度胸がすわった男だと佐伯は思った。臂臑に手裏剣が突き立ったのだから右手は痛くて上がらないはずだ。

出血もしている。江守はハンカチを取り出し、左手と口できつくしばった。そして拳銃を左手に持ち替えた。

佐伯は、まず彼の利き腕を封じただけでもよしとしなければならないと思った。

江守は用心深くなり、建物の陰に身を隠した。

戦いの時間が長びけば、それだけ村人たちへの危険も増す。

佐伯は何とか早くけりをつけたいと思った。しかし、銃を持った敵がふたりとあってはうかつに動けない。

また別の屋根の上で人が動いた。三人いる。彼らもさきほどの男たちと同様に、竹槍を投げた。

悲鳴が聞こえた。竹槍の一本が命中したようだった。

佐伯は、そのとき初めて、ひとりで戦っているのではないことを実感した。かすかな高揚感があった。

彼は素早く壁づたいに移動した。建物の角からそっとのぞくと、江守が倒れていた。ふくらはぎから血を流している。

すぐそばに血のついた竹槍が落ちている。村の男たちは、江守が背を向けたとき、いっせいに竹槍を投げたのだ。

足を質量のある槍で貫かれたのだ。立っていることはできない。それでも彼は左手に拳銃を持っている。

慎重になるべきときと、思い切って行動すべきときがある。

今は行動するときだと佐伯は判断した。彼は飛び出し、続けざまに、三本、手裏剣を打った。

一本は外れた。だが、一本は、佐伯のほうに銃を向けようと動かした左手の手首に命中し、もう一本はさらに左の二の腕に突き刺さった。

ついに江守は銃を取り落とした。佐伯は三本の手裏剣を打ちながら突進してくる。

江守はそれに気づいてあわてて銃を拾おうとする。だが、すでに彼の両手は使いものにならない。

佐伯は最後の一歩を強く踏み切った。ちょうど江守の頭を飛び越える形になる。飛び越えざまに、江守の頭を踵で蹴り降ろしていた。

江守はまず後頭部を蹴られ、衝撃を受け、蹴られた勢いで顔面を地面に叩きつけられ、さらにひどい衝撃を受けた。

江守の鼻はつぶれ、血が噴き出した。今や江守は血まみれだった。もともと悪い顔色が失血のためにさらに悪くなっている。

佐伯は着地するとすぐに地に伏せるくらい身を低くした。

江守は動かない。佐伯は拳銃のところまで這って行った。恰好など気にしていられない。

拳銃に手を伸ばしたとき、江守が突然動いた。彼は佐伯の手裏剣を握っていた。江守は手裏剣で佐伯の眼を狙ってきた。

咄嗟《とっさ》に佐伯は身を横に投げ出してかわした。江守の手から手裏剣が落ちる。江守はまた動かなくなった。

最後の力をふり絞ったのだろうと佐伯は思った。佐伯は銃に手を伸ばした。そのとき、銃声がして銃のすぐそばに着弾した。

佐伯は這いつくばったまま、びくっと身を縮めた。

建物の陰から新市が姿を現わした。拳銃を両手で構えている。このあたりも恰好だけの手合いとは違う。

拳銃のプロはたいていグリップを両手で握る。正確さと連射の早さを問題にするからだ。

「さあ、死ぬ時間だ」

新市はうれしそうに言った。

佐伯は、膝をついてゆっくりと上体を起こした。

「死ぬまえにこたえろ。どうして二度も俺の邪魔をした?」

「二度?」

「一度目は、日本で、だ。運送会社に仕事をやらせようとしたのを邪魔しやがった」

「猛毒の産業廃棄物なんか運ばせようとするからだ。処分できないゴミはおまえたちだけでたくさんだ」

「もうじき死ぬ人間にしては威勢がいいな。そして、このマレーシアで二度目……」

「おまえの邪魔をしようとしているわけじゃない。俺が関心を持つ事件にたまたまおまえが関わっているだけだ。誰もおまえのことなんか気にしちゃいない。おまえはそれほど大物じゃないんだよ。思い上がるな」

新市は頬をゆがめてまた笑った。絶対的な優位に立っている自信が、彼に余裕を与えているのだ。

「てめえは何に関心を持っているんだ?」

「おまえの知ったことか」

「そうか。しゃべっている間だけ長生きできたものをな……」

佐伯は、ちょうど新市の後方にある家の屋根にアヌアールが現われるのを見た。アヌアールは竹槍を持っている。

佐伯は言った。

「死ぬのはどちらかな？」

「何だと？」

「この男がどうしてここに倒れているか、見ていたんだろう？　屋根の上から竹槍を投げられたせいだ。今、おまえのうしろにある家の屋根から、おまえを狙っている男がいる」

「つまらねえ冗談だ」

「外すなよ、アヌアール」

日本語で叫んだが、それは充分に通じた。佐伯が叫んだのとほぼ同時にアヌアールは竹槍を投げていた。

竹槍は新市には命中しなかった。しかし、新市の足もとに突き刺さり、彼を驚かせる役には充分に立った。

新市は、思わず振り返った。その一瞬で充分だった。

佐伯は突進しながら『つぶし』を続けざまに撃った。佐伯のほうに向き直った新市は、顔面に次々と『つぶし』をくらう。

続いて佐伯は、手裏剣を矢継ぎ早に打った。残った三本の手裏剣を打ち尽くす。一本は外れたが、二本は新市の右肩と右の二の腕に刺さった。

手裏剣はもともと決め技へつなぐための牽制《けんせい》を目的とした武器だ。その目的は充分に果たした。

佐伯は新市に向かって突進しながら一度、ジャンプすると見せかけて、野球のスライディングのように、地に体を投げ出した。

新市は大声でわめいていた。

銃を発射したが、佐伯のはるか上を弾丸が通過した。

拳銃は下から上へ動くものは比較的狙いやすい。だがその逆は難しい。銃口が跳ね上がるからだ。

佐伯は一度ジャンプするかのようにフェイントをかけていたのだから、なおさら狙いにくかったのだ。

スライディングした佐伯は、そのまま、踵で新市の膝を蹴った。

新市はもんどり打って倒れた。『佐伯流活法』で『刈り』と呼ぶ足払いの応用だった。

佐伯はすかさず起き上がり、銃を持った新市の手を制した。逆に取り、膝で前腕を地面に固定し、手首を内側に返した。

新市は拳銃を離した。佐伯がそれを手にする。

佐伯がさっと立ち上がり離れると、新市も立ち上がった。右の肩と腕から血を流している。

佐伯は新市に銃を向けている。新市は身動きできない。ふたりは睨み合っていた。

やがて村人たちがひとりまたひとりと姿を見せ始めた。村人は次第に増え、新市と佐伯を取り囲んだ。

新市は激怒し、修羅《しゅら》の顔をしていた。

人垣のなかにアヌアールの姿を見つけ、佐伯は拳銃を手渡した。

新市は奇妙な顔をした。佐伯が言った。

「拳銃なんかで簡単に殺しちゃ、村人たちが満足しないだろうからな……。素手で相手してやるよ」

16

「くそったれ……。極道相手にゴロまくってのか……」

新市は嗄《しわが》れた声で言った。彼はすさまじい表情をしている。

残忍な性格の新市がここまで追い込まれているのだ。彼は佐伯を殺すために何でもするだろう。

だが、佐伯はもはや恐れてはいなかった。恐れよりも新市に対する怒りのほうがはるかに大きい。

「肩と腕の傷を何とかしたらどうだ?」

佐伯が言った。「血を流している者をやっつけるのは気がひけるからな……」

手裏剣が刺さった傷のことだ。いくら小さいとはいえ刃物が刺さった傷だ。そこから血が流れていた。

「こんなもん傷のうちに入るか。俺は修羅場をくぐってきてるんだよ」

つまらん意地を張るものではないな、と佐伯は思った。

佐伯の言うことをきいていれば、新市は多少なりとも戦いの条件をよくすることができたはずだ。

本当に生き死にをかけた戦いをする気なら、もっとあらゆることに神経質になったはずだ。

新市は、他人を殺すことは平気だったが、自分が殺されるような事態は想像できないようだった。

佐伯は、右の肩を前にした半身になった。新市は、やや上体をかがめて構えている。

もちろん新市は知らなかったが、その構えは、米陸軍特殊部隊の格闘術の構えに似ていた。

殴る、蹴る、突く、つかむ、ひねる、投げるなど、あらゆるテクニックを使いやすい構えなのだ。長年の喧嘩三昧《ざんまい》で身につけたものだった。

佐伯は、足幅を肩の広さに取り、わずかに膝を曲げた。

右手を開いたまま、ゆっくりと掲げた。高さは自分の顔面の位置だ。

左手はやはり開いたまま、胸のまえに置いている。

もともと『佐伯流活法』は接近戦が得意だ。お互いの拳が届くような距離になってからの攻防を身上としている。

そのため、間を盗む術や、間を侵す術に長《た》けている。

『佐伯流活法』の達人と相対したら、まず、自分の間合いがわからなくなるはずだ。

佐伯は『佐伯流活法』の免許皆伝を受けている。彼は間の攻防を始めた。

じりじりと、一寸ほど間を詰める。止まっては、また間を詰める。

相手が動く気配を見せると、さっと一寸ほど退がる。そして、また二寸か三寸、詰めていくのだ。

その間、神経はぴりぴりと研ぎ澄ましておく。相手のどんな動きにも反応できるような心構えでいるのだ。

そして、気当たりは強く、相手をぐいぐい押すつもりでいなければならない。

気迫で押された相手がこらえ切れずに手を出す。

その瞬間をとらえるのだ。

新市は、素手の佐伯など恐れてはいなかった。

確かに佐伯の腕が立つのは知っていたし、今日まで何度もしてやられている。

だがそれは自分がまだ本気になっていないからだと考えていた。

佐伯は、すでに突きが届く距離に入っている。彼は、見えない壁のようなものを感じ、すでにそれを突破していた。

その見えない壁が、新市の本来の間合いなのだ。

相手の間合いにいるのが最も恐ろしい。それより遠くても、また、それより近くても、危険の度合がずっと小さくなる。

「ちいっ」

新市は、いつの間にか佐伯が近づいているのに驚き、左のフックを出した。

フックは、第一手としては、まず理想的だ。

視界の外から飛んでくる形になるので、パンチが見えにくいのだ。さらに、まっすぐ来る突きよりも受けるのが難しい。

人間の構造上、防御をかいくぐって打つ形になるからだ。

だが、新市のフックは佐伯には届かなかった。

佐伯は、前になっている右手をさっと伸ばして、新市の肘関節を内側から抑えたのだ。

それだけで、パンチは止まってしまった。

拳を止めようと思ってもなかなか止まらない。また、拳はブロックしても痛いものだ。

すべてのパンチは肘でリードする。その肘を抑えてしまうのが、最も安全で確実だ。

しかし、これは、接近戦だからこそできるのだ。

例えば、寸止めルールの空手の試合は、比較的間合いが遠くなるのでこういう真似はできない。

相手の肘など抑えに行こうものなら、もう片方の突きを食らうのが落ちだ。

新市は反射的に右のパンチを出そうとして思わずうめいた。

肩と腕がひどく痛んで、動かすこともままならない。右手で殴るなどとんでもないことだった。

新市はあわてて一歩退がった。

その間を、佐伯は例の滑るような足さばきで詰める。決して間を取らせない。

「野郎！」

新市は手を伸ばして、佐伯の髪をつかまえようとした。

髪をつかめば何でもできる。そのまま引き倒すこともできれば、顔面を膝に叩きつけることもできる。髪を引きちぎるのも、相手にダメージを与える。

だから、ケンカのプロは髪を短く刈るのだ。

佐伯は、右手を返すスナップでその手を外側に弾き飛ばした。てのひらが自分のほうを向く。そのてのひらを、新市のほうに向けながら勢いよく伸ばした。

新市の手を弾いた瞬間に、手を出した感じだ。まっすぐに出す『張り』だった。手首のスナップを加えていたので、威力があった。

新市は、目の前でフラッシュを焚《た》かれたように感じたはずだ。鼻と、首筋に衝撃を感じ、続いて鼻の奥できな臭いにおいがしているだろう。

新市には何が起こったのかわからなかったに違いない。手を弾かれたと思ったら、いきなり、顔面にショックがきたのだ。

佐伯の『張り』はそれくらいに速かった。

新市はよろよろと後退する。また佐伯が、半身のままするすると間合いを詰める。

この光景は、周囲で見ている村人たちにとっても不思議なものだったろう。

佐伯は、ほとんど動いたようには見えなかったのだ。それなのに、新市はのけぞり、ふらふらと後退した。

『佐伯流活法』は、技の瞬発力を大切にする。そのために体のうねりや気を利用するのだ。

外に見える動きは小さくても、技を発する者の体内を移動する力は大きい。

新市は頭を振って、視界の星を追い出そうとした。

「ふざけた真似をしやがって……」

新市はうめくように言うと、いきなり佐伯の右手に手を伸ばした。

さっと小指と薬指を握った。そのままへし折るつもりだ。

佐伯は、手を外しにはかからなかった。握られたところは放っておいて、左の肘を新市の顎に叩き込んだ。

新市はくぐもった声を上げて尻もちをついた。もちろん、佐伯の指からは手を離している。

佐伯はわざと顎を狙っていた。至近距離からの猿臂《えんぴ》は強力な技だ。

耳のうしろか、そのわずか下の首の脇を狙っていたら、新市はあっという間に落ちていたはずだ。

まだ楽にしてやる気はなかった。

「立てよ」

佐伯が言った。「みんなが見てるぞ」

新市は左手で顎を左右に動かしている。顎を横から強打されると、関節がうまく嚙み合わなくなる。

尻もちをついたまま、新市はすさまじい眼つきで佐伯を睨んでいた。

どんな人間もたじろぐような眼だ。しかし、今の佐伯は気後れしなかった。

だが、これだけ一方的にやられていても、いっこうに気力が衰えない新市をさすがだと佐伯は考えていた。

それは、新市を認めたという意味ではない。何があろうと、佐伯は新市のような人間を容認するつもりはなかった。

佐伯は、新市が立ち上がるものと思っていた。

新市はダメージが残っているように、のろのろと膝を立てた。

そこから一転して速い動きとなった。新市は腰を伸ばして身を起こすのではなく、頭から佐伯のほうに突っ込んでいったのだ。

すさまじいタックルだった。

頭突きや体当たりは、中国武術のある一派でも殺し技とされているくらいに強力な技だ。

村人たちは声を上げた。誰もが、佐伯は新市のタックルをまともに食らってしまったと思ったに違いない。

だが、佐伯は、当たる瞬間に体重を移動し、なおかつ体をひねって衝撃を逃がした。そのとき、足は移動せず、残しておいた。

上半身が反り、そのまえに片方の足を突き出した形になる。

新市はその足につまずき、もんどりを打って倒れた。

自分の勢いがそのまま自分にはね返ってきた。

佐伯は、柔道の横捨て身技を使ったような形になった。

村人は声を上げた。

油断していたら、佐伯は避けられなかったかもしれない。このタックルを食らったら、一発逆転されていたはずだ。

佐伯は構えを解いていなかった。構えというのは、手足の形だけをいうのではない。心構えまでを含めてそう呼ぶのだ。

佐伯は、新市の動きに反応しようとしていたのだ。

新市は地面の上を転がっていた。地面に、血の跡がついた。

彼は傷の痛みもあって苦しいはずだ。

しかし、そんなもんじゃないぞ――佐伯は思った。

殺された子供は、老婆は。腕のなかでわが子を殺された母親の心の傷は。

車で轢かれたアハマッドは、そして、焼き殺されそうになったアリマナールは——。

新市はもがきながら立ち上がろうとした。佐伯は右半身に構えたまま近づいた。

新市はすでに抵抗する力をなくしているように見える。

しかし相手はヤクザだ。真に受けてはいけないと佐伯は思った。

やはり新市は仕掛けてきた。

いきなり、左のジャブを連続して打ち込んできた。佐伯は右手だけで難なくさばく。そのとき、左手は、顎のあたりに掲げ、顔面をカバーしている。

左手だけでは、とても佐伯を倒すことはできない。新市はそれを百も承知なはずだ。

今度は右の蹴りを出していった。腹など狙わない。まっすぐに金的を蹴り上げようとしている。

喧嘩に慣れた人間は、膝か金的を蹴るのだ。新市の金的蹴りは充分に鋭かったが、佐伯はすぐに反応した。

右膝を上げてブロックしたのだ。新市の足首、あるいはすねのほうが痛かったに違いない。

新市は足を地に降ろすと、そのまま、再び体当たりをしていった。

佐伯はさきほどと同様に、体をかわした、かわしざまに、新市を投げる。

その瞬間、あっと思った。左腕の一点がぽっと熱くなった。痛くはない。熱かったのだ。

やがてそれが鋭い痛みに変わる。見ると、左の前腕に手裏剣が刺さっている。

新市は倒れたとき、地面に落ちていた手裏剣を拾っていたのだった。

もし体を入れ替えなければ、腹を刺されていたに違いない。新市のような男は腹を刃物で刺すことに熟練している。

佐伯は手裏剣を抜いた。汗に血が混じってしたたる。これくらいの出血で、命に別状などないとわかっている。それでも出血はいやなものだ。

新市の出血はすでに少なくなってきているように見える。傷口の血が固まり始めたせいもあるだろうし、体中にアドレナリンがゆきわたったせいもあるだろう。

佐伯は、左手の傷などかまわずに、構えた。

「そうじゃなくっちゃな……」

佐伯は言った。「やっぱり、これくらいいきたないことをやらなきゃ、ヤクザじゃないよな」

新市は、地面に尻をついたまま、凄味のある笑いを浮かべている。

「子供の喧嘩じゃねえんだよ」

「そう。子供の喧嘩じゃない。さあ、腹くくって立てよ」

新市は佐伯を睨みつけながら立ち上がった。新市は、足を肩幅に広げ、腰を落とし、わずかに前傾姿勢となった。

両手は自然に左右に広げている。体の面は佐伯と正対している。

一方佐伯は、右前の半身だ。右手を開いて顔の前方に掲げ、左手は胸のまえに置いている。両足の爪先を結ぶ線は、正面から見て、ちょうど四十五度を成している。

新市はきわめて真剣な表情をしている。彼はようやく自分の身に何が起きているかを悟ったのだ。

彼は敵に囲まれているのだ。誰も新市を助けようとはしないだろう。

佐伯も新市の真剣さを感じ取った。彼も余裕など見せていられなくなったのだ。

喧嘩慣れしている相手が一番いやなものだ。何をやってくるか見当がつかない。

さらにいやなのは、殴っても蹴っても起き上がってくる相手だ。蹴るほうがうんざりしてくる。

そういう相手が血まみれの顔でしがみついて来ようものなら、その喧嘩は負けたと思わなければならない。

ヤクザにはその両方がいる。

佐伯は、また間の攻防を始めた。戦いに勝つには、自分の方法を崩さないことが大切だ。どんなに練習のとき強くても、相手のペースにはまってしまっては、実戦のとき、実力を出すことができない。

実戦に強い人間というのは、自分の戦いかたが常にできる人間のことなのだ。だからこそ、精神力と頭のよさがものを言うのだ。

一寸さがっては二寸、三寸進む。それを繰り返す。

すでに太陽は中空を越えている。一日で一番暑い時間がやってこようとしているのだ。佐伯の左前腕の傷は、脈打つたびに、痛んでいるはずだ。

だが、彼は暑さも痛みも感じてはいなかった。

全神経を新市に集中させているのだ。そして、気力を新市にぶつけ、ぐいぐいと押している。

不思議なことに、神経を相手に集中させればさせるほど、相手以外のいろいろなことに気づき始める。

例えば、地面の起伏だとか、落ちている小さな石などがひどく気になってくる。背後で動く人の気配まではっきりとわかる。知覚レベルがそれだけ上がるのだ。

佐伯は、新市の間合いにごくわずか踏み込んだ。新市の知覚レベルも上がっている。新市はすぐさま反応した。

届くと思った瞬間、左足を前方にスライドさせて左のフックを打ってきた。ちょっと遅れて右足の蹴りを出す。

そのフックは、すぐに肘打ちに変化していた。

佐伯は絶対にさがらなかった。フックは内側に入ってかわし、蹴りは、右手刀で切り落とすようにそらした。

さらに肘打ちにこようとするところを左てのひらで抑えた。

相手が肘打ちを出してしまってからでは、受けようとしても遅い。肘打ちはそれほどスピードがあり、威力がある。しかも、小さな動きで大きな破壊力を期待できるのだ。

あっという間に三つの攻撃を封じられた新市だったが、それでもひるまなかった。

ふたりはきわめて近い間合いで戦っている。佐伯の得意な間合いだ。

いきなり、新市が頭突きを見舞ってきた。近い間合いでの頭突きはきわめて有効だ。破壊力があるしたいていの場合、よけられない。

だが、至近距離からの頭突きは、『佐伯流活法』の得意技でもあった。

佐伯は、両手を合わせて新市の頭の右脇めがけて突き出した。ちょうど、楔《くさび》を打ち込む形だ。

新市の頭は佐伯の腕の外側にそって流れた。

佐伯はそのまま、肘を振った。振り猿臂に変化させたのだ。

佐伯の肘が新市のこめかみに叩き込まれた。新市は低くうめいて、バランスを崩す。

体勢を直した佐伯は、すさまじい早さで、新市の顔面に左右の『振り』を見舞った。計六発は打っている。

新市はひどく酔ったような状態になった。佐伯は拳を握った。気持ちよく眠らせてやる気になれなかった。

彼は拳で新市の顔面を殴りつけた。たちまち、新市の口のなかが切れ、また鼻血が流れた。

新市の顔は血まみれになった。

佐伯は妙に冷めていた。体は激しくたぎっているが、心のなかがしんと冷えている。

佐伯の拳も皮がむけて血を流し始めていた。『佐伯流活法』は拳自体を鍛えることはしない。

佐伯はまっすぐ打つ『張り』を顔面に見舞った。新市の脳が激しくゆさぶられる。新市の腰が崩れそうになる。佐伯は再び拳を握った。

彼は新市の胸の中央——膻中めがけて『佐伯流』最強の打ち技『撃ち』を叩き込んだ。激しい衝撃が、気のバッテリーである膻中から全身へ駆け抜け、さらに背中へと抜けた。

新市は手足をでたらめに動かして、あおむけにひっくりかえった。

一瞬、すべての動きとすべての音が止まった。

ヤシの葉がかすかに揺れる。

村人たちがいっせいに喚声を上げた。

佐伯はぐったりとその場にすわり込んだ。一歩も動けぬほど消耗していた。そのまま、倒れてしまいたかった。

白石景子が、ゆっくりと優雅に近づいてきた。

佐伯は彼女に言った。

「村人に言ってくれ。とどめを刺すのはあんたたちの役目だ、と……」

景子は長老に言った。村人たちは何やら話し合っていた。やがて長老は景子に皆の意思を伝えた。

「その男を殺すことは望まない。日本人が、法によってちゃんとその男を裁けるのなら、処置は日本人に任せる。そう言っています」

佐伯は目を丸くする思いだった。

「だが、そのためには、あんたたちの証言が必要だ」

「恐怖は去った。私たちは何でも証言する——ということです」

「レラに言ってくれ。クアラルンプールに入院しているウォルターに電話して、こう言うんだ。佐伯という男がヤクザをやっつけた。心配せずすべてを話してくれ、と……」

景子がレラに話す。レラはほほえんだ。

「レラがこう言っています。何も問題はありません。ウォルターはすべてを話すでしょう」

「よし」

佐伯は疲れ果てた口調で言った。「ようやく警察の出番だ」

やがて警察がやってきて、すぐに救急車が必要なことがわかった。

新市、江守、そしてふたりの若い衆は病院に運ばれた。

腕の傷のせいで佐伯も運ばれることになった。佐伯は、景子を通じて地元の警察に対して、新市逮捕については、徹底的に秘匿《ひとく》してくれと何度も要求していた。

手柄を上げたがっている地元警察は、最初、まったく取り合おうとしなかったが、ふたりが日本政府の仕事をしていると聞き、しぶしぶ佐伯の要求を呑んだ。

17

「何だか死にそうな声を出していますね」

佐伯から電話をもらい、内村所長は言った。

「十五ラウンド、フルに戦った気分ですよ」

「……では片づいたのですね？」

「新市たち四人のヤクザは、こちらの警察に逮捕されました。いちおう、新市の逮捕のことは秘密にするように頼んでありますが、強制できる立場じゃないんでね……。どの程度要求にこたえてくれるか……。さらにですね、日本に移してからも問題ですよ。早急に手を打ちたいのですがね……」

「わかりました」

「所長がそういうことに慣れているとは思えないんですがね……」

「だいじょうぶ。最近、頼りになるブレーンがふたりほど増えましてね……。そのひとりは、あなたもよくご存じの奥野さんなのですが……」

「奥野は俺の切り札だったんですよ……」

「あなたが日本にいない間、切り札を使わせてもらいますよ」

「しょうがねえな……」

電話が切れた。

内村はすぐに東京弁護士会の平井貴志に電話した。急用があるので『環境犯罪研究所』まで来てもらえないか、と頼んだ。三十分で行く、と平井弁護士はこたえた。

次に内村は奥野刑事に電話し、平井に言ったのと同じことを言った。奥野はまだ内村に反感を持っているようだった。薬が効き過ぎたのだ。急用だ、と内村がもう一度強調すると、一時間で行くと言った。

平井は三十分きっかりで現われた。奥野は一時間十分たってから『環境犯罪研究所』にやってきた。

内村所長は、奥野と平井を交互に紹介した。そして、挨拶もそこそこに切り出した。

「新市がマレーシアで警察に逮捕されました」

「ちょっと待ってください」

奥野があわてて言った。「そんな知らせは入ってきてませんよ」

「現場に佐伯くんがいました。佐伯くんが知らせてくれたのです」

奥野は面白くなさそうに口をつぐんだ。

内村は話を続けた。

「さて、ご存じのように、泊屋組、および毛利谷一家には野崎という手強い弁護士がついていています。新市は逮捕できても、泊屋組は時期をさかのぼって新市を破門にし、彼がやったことと組とは関係ないといった言い逃れをする可能性もあります」

平井が言った。

「……さらに、何かの手を使って新市の罪を軽くするかもしれない」

「そんな真似はさせない」

奥野が言った。平井は静かに奥野に言う。

「させない、と言ったところで、裁判となれば警察はもう手を出せないじゃないですか」

「じゃ、どうすればいいのです」

奥野に代わって、内村が平井に尋ねた。

「まず、新市が逮捕されたことを泊屋組に知られないようにすることですね。それがまず第一の条件だ。すでに知られているとすれば方策はあまりなくなります」

「その点は、すでに手を打っています。うちの佐伯が地元の警察に秘密にするよう頼んでいるということです。しかし、これもいつまでもつかわからないと言っていました……」

「けっこう。時間が稼げればいいのです。今のうちに、新市が泊屋組に所属しているという証言なり何なりを取っておくことが大切です。そうすれば、泊屋組は逃げられません」

「なるほどね……」

奥野が言う。「だが、それくらいのことは警察だって考えますよ」

「考えたのなら動くことですね」

平井は平然と言った。職業柄、刑事と弁護士は反りが合わない場合が多い。

奥野がうなずく。

「そうしますよ。ところで、弁護士先生。新市の罪を軽くすると言いましたね」

「できる、とは言いません。野崎弁護士ならそれくらいの手は打つだろうと言ったのです」

「どうすればそんなことができるのです？　新市は少なくともふたりの人間を殺し、

さらに何人かに重傷を負わせている」

「まず、事件がマレーシアで起こり、すべての証言が、マライ語か英語でなされているという点をついてくるでしょう。完全に正確な翻訳というものは存在しません。その小さな穴を見つけるのですよ。そして、マレーシアなど東南アジアには根強い反日感情がある。それも利用するでしょうね。つまり、故意に日本人に不利な証言をする可能性がある、と……」

「こじつけだ！」

「弁護士というのは、こじつけでも何でもいいのです。被疑者の権利を守りさえすればいいのですからね」

「うちの佐伯くんと白石くんが現地へ行っています。殺人事件は直接見てはいないが、村人の反応をよく知っているはずです。さらに、傷害に関しては目撃している」

平井はうなずいた。

「いいですね。一つの問題は片づいたようです。さらに、これはかなりの綱渡りとなりますが……」

「何です？」と奥野が尋ねる。

「新市を覚醒剤の常習者に仕立て上げるのです。あるいは強度のアルコール中毒でもいい。そして精神鑑定にかけるのです。新市が残虐な行為におよんだとき、彼は何らかの理由で心神喪失の状態だったと主張するわけです。刑法上では基本的に、心神喪失状態で行なったことについては起訴できないのです」

奥野は、平井をじっと見つめていた。平井を見直したような、あるいは、警戒しているような複雑な眼つきだった。

「私は連絡を取り、平井さんは考えました」

内村は言った。「今度は動く番ですが……」

「わかっている」

奥野が言う。「あとは任せといてもらおうか。電話を借りますよ」

奥野は所長室を出て、白石景子の席の電話を取り、警視庁に電話をした。

奥野は捜査四課長にまず事情を話し、新市逮捕の秘密厳守をはかった。

その上で、いつも組んでいる刑事に代わってもらい、覆面パトカーで迎えに来るように言った。奥野のほうが先輩なのだ。

『環境犯罪研究所』は永田町にあるので、赤坂にある泊屋組に近い。

奥野は、相棒の刑事に小型のカセット・テープ・レコーダーを忘れずに持ってくるように言った。

覆面パトカーは十五分ほどでやってきた。奥野はすぐさま泊屋組の事務所に向かった。

泊屋組では明らかに奥野を歓迎していない。だが表向きは丁寧に出迎えた。

奥野は組長の泊屋通雄に取り次ぐように言った。十分待たされてから、社長室に通される。

代貸の蛭田《ひるた》が同席していた。奥野はかまわない、と思った。むしろ、蛭田がいてくれたほうが都合がいい。

奥野がうなずきかけると、相棒の刑事は、内ポケットからテープ・レコーダーを出しスイッチを入れた。

奥野は切り出した。

「これからする質問は、参考までにお訊きするものです。こたえたくなければ、おこたえにならなくてけっこうです」

泊屋は、迷惑そうだったが、おだやかに言った。

「知ってることは何でもこたえますよ。警察にはできる限り協力したいですからね。

しかし、そのテープ・レコーダーは何の真似です？」

「せっかくおこたえいただくのに、聞き逃したり、メモを取りそこなって失念したりじゃ申し訳ありませんからね。おいやなら止めますが……」

「いや……。けっこう……」

泊屋は油断のない眼つきになった。さっそく蛭田と眼を見交わす。

奥野が言った。

「おたくの組……、いや失礼、おたくの会社に新市ってかたがおいでですね……」

「新市がどうかしましたか？」

「新市さんは、おたくの社員ですか？」

泊屋はまた蛭田の顔を見る。彼らはまだ新市逮捕の知らせは受けていない。

蛭田は小さく首をひねって見せた。泊屋はうなずいた。

「ええ。新市はうちの社員ですが、あいつが何か……？」

奥野は、ふと失念したような振りで尋ねた。

「すいません。今日は何日でしたか？」

泊屋は日付を言った。奥野は月と日を言って確認した。泊屋は言った。

「ええ。そうです。それがどうかしましたか？」

「いえ、いいんです。さて、新市さんですが、実は、麻薬取締法に触れているという噂がありましてね……」

「刑事さん。よしてください。何の冗談です？」

「新市さんが東南アジアへ行かれたという情報が入りましてね……。麻薬を買いつけに行ったという人もいるんですよ」

泊屋は明らかにほっとしたようだった。本当の新市派遣の目的は気づかれていないと思ったのだ。

「刑事さん。たてまえはよしにします。確かに私ら指定団体の一派ですよ。今じゃ株式会社だが、もとは極道の泊屋組だ。でもね、うちじゃ麻薬、覚醒剤の類はご法《はっ》度《と》ですよ。こいつは誓ってもいい。どこ調べてもらってもいい」

「わかりました」

奥野は苦笑して見せた。「いえ……。単なる噂《うわさ》とかガセネタでも、いちおう、こうして調べてみないとね。これが仕事なもんで……」

「……でしょうな……」

「おたくでは薬は扱わない。それはわかりました。新市さん本人も薬はやらない？」

「やりません。病院連れてって検査させればいい。きれいなもんです」

「アル中でもありませんね?」

　ついに泊屋は笑い出した。

「もちろん違いますよ」

　奥野は相棒にうなずきかけた。相棒はテープ・レコーダーを止め、ポケットにしまった。

　奥野は言った。

「どうもお忙しいところ失礼しました」

　彼は相棒とともに泊屋組をあとにした。

　事務所を出るとき、泊屋の「なんだ、ありゃあ」という声と笑い声が聞こえた。

　覆面パトカーに戻ると、奥野は相棒の刑事に言った。

「自分たちの疑いを晴らすことが、自分たちの首を絞めることになるとはなあ……」

「何のことです?」

「あとで、話すよ。みんなのいるところで」

　奥野は警視庁に戻った。

佐伯は死んだように眠っていた。過度の緊張が解け、神経の疲れがどっと出たのだった。

そこはイポー市のステーション・ホテルだった。クラシックな家具が心地いい。ノックの音で目を覚ました。だが、一瞬、金しばりにあったように体が動かなかった。まだ完全に目覚めていないのだ。

二度目のノックでようやくはっきりと目が覚めた。体をベッドから引きはがすようにして起き上がり、ドアを開けた。

景子が立っていた。佐伯は一瞬、景子の手の優しさを思い出した。

「どうした？」

「レラから連絡があったの。アリマナールが意識を取り戻したそうなの。医者が言うには、火傷のあとも、皮膚の移植でかなり目立たなくなるそうよ。アハマッドも順調に回復してるっていうし……」

「よかったな……」

「また浮かない顔……」

「ふたり死んでるんだ……。アリマナールだって、目立たなくなるとはいえ、一生火傷の痕《あと》を背負って生きることになる。他の場所はともかく、頭皮の火傷の痕は消せないんだ」

「でも、生きてるわ」

佐伯は景子を見た。その眼は、病院で見せた優しさに満ちている。

佐伯は何とかほほえむことができた。

「ああ、そうだな」


佐伯と景子はアリマナールに会いに病院にやってきた。

包帯だらけのアリマナールがベッドに横たわっている。

佐伯がベッドのかたわらに立つと、しばらくアリマナールは、奇妙なものを見るような表情で佐伯を見ていた。

佐伯はその表情の意味するところがわからないので、何も言えずにいた。

ふいにアリマナールはほほえんだ。

佐伯は驚いた。

アリマナールは静かに用心深く手を差しのべた。包帯だらけの手だ。

佐伯はためらいながら、そっと両手でその手を包んだ。アリマナールはやや力を込めて佐伯の手を握った。

佐伯は、胸のなかが熱くなって、もう少しで泣き出すところだった。

18

佐伯と景子が成田に着いたのは午後二時ころだった。

日本は涼しかった。だが空気は灰色に淀んでいるような気がした。景色が無彩色の感じがする。

到着ロビーに出ると景子が尋ねた。

「まっすぐ研究所へ向かいますか?」

「いや、そのまえにやりたいことがある」

「何でしょう?」

「鮨《すし》を食いに行きたい」

景子はかすかに笑った。

「そうしましょう」

赤坂で鮨屋に入り、佐伯はようやく落ち着いた。油気のない食べ物が実にありがたかった。

鮨屋から歩いて『環境犯罪研究所』へ行った。

内村は、いつもとまったく変わらない調子で佐伯と景子を迎えた。

「お疲れさまでした」

その口調は外回りをしてきた営業マンに対するもののようだった。

佐伯は内村所長に詳しい報告をし、内村は平井弁護士、奥野刑事との話し合いの内容を話した。

「奥野がうまく立ち回ってくれるといいんですがね……」

佐伯は言った。

「信じていいと思いますよ」

「いつまでたっても後輩というのは心配なものです」

「あなたの切り札なんでしょう?」

「ほかの札が使いものにならないもんでね……」

「暑かったでしょう」

「え?」

「マレーシアですよ」

言われて不思議な気がした。

「むこうに着いたときはひどく暑いところだと思ったんですがね……。いつの間にか暑さなど忘れていました」

内村は満足げにほほえんだ。

その夜、佐伯は六本木の『ベティ』に行った。

ミツコは佐伯の顔をじっと見つめると言った。

「やつれてるわね」

「日に焼けたんで、細く見えるんじゃないか？」

「ううん、本当にやせたわ」

「まあ、いろいろ苦労したんでな……」

「そうみたいね」

「俺がマレーシアで何をやってきたか訊かないのか？」

「訊かない。だいたい見当はつくもの」

「本当か？」

「あなたのことなら何でもわかるような気がするの」

「さすが客商売だ。うまいな」

「商売は抜き。本当のことよ」

「すまんな。みやげはないんだ」

「おみやげなんていらない。帰ってきてくれただけでいい」

きれいな鳶《とび》色の眼が佐伯を見つめた。よく光る眼だった。

「おまえみたいな美人にそう言われると悪い気はしないな……」

一週間後、新市をはじめとする四人は日本に移送された。

新市は激しい虚脱感と微熱、寝汗などを訴えたため病院に収容された。

佐伯が放った『撃ち』の後遺症だ。

新市たちは、村人たちの証言の記録とともに送られてきた。その証言のなかには『地球の子供』マレーシア本部のウォルターの証言も含まれていた。

病院で取り調べを受けている新市は、完全黙秘を続けていたが、その証言だけで充分だった。

新市は起訴された。

新市と江守の逮捕、そして起訴を知った泊屋組では大急ぎで手を打とうとしたが、どうすることもできなかった。

警視庁刑事部捜査四課、および、赤坂署刑事捜査課の刑事たちが泊屋組に家宅捜索をかけた。

その刑事のなかに、奥野もいた。

結局、泊屋組長以下五名の幹部組員が逮捕され、泊屋組は事実上の解散に追い込まれた。

逮捕されたとき泊屋通雄は奥野に気づき、毒づいた。

「てめえ、はめやがったな」

奥野はおだやかに言った。

「人聞きの悪いことを言うな。私は何ひとつ違法なことはやっていない。ちょっと頭を使っただけだ」

内村は泊屋通雄らの逮捕を、奥野から電話で知らされた。彼はすぐさま佐伯を呼んで、そのことを伝えた。

「まずまずですね」

佐伯は言った。

「上出来ですよ」

「でも、泊屋も新市も生きている。ああいう連中は絶対に懲りないんです」

「あせらずにいきましょう」

「新市を殺そうと思えば殺せたんだ……」

「ほう……。なぜ殺さなかったんです？」

佐伯は内村の顔を見た。

「それは……。村人の判断にまかせるべきだと思ったからで……」

「あなたの判断はどうだったのです？」

「……わかりません……」

佐伯は眼をそらした。

「ご安心なさい」

「え……？」

「血の呪縛などないのですよ。ご先祖がどういう人だったか。おとうさんやおじいさんがどういう生きかたをしたか――。そんなことは関係ありません。あなたがどう生きるかが最大の問題なのです。あなたは、一時期、壮絶なヤクザ狩りを実行していました。何人ものヤクザを殺したでしょう。でも、それは血のせいなどではありません。あなたが、ご先祖をどうとらえていたかということなのです」

「しかし――」

　佐伯は言った。「所長は、ヤクザ狩りをしていた俺に――暗殺者の血脈を持った俺に興味を持ったのでしょう?」

「そうではありません。私が興味を持ったのは、あなたの経験と実行力、そして『佐伯流活法』の腕です」

　佐伯は言葉が見つからなかった。

　内村は言った。

「そして、もうひとつ。血脈という意味ではあなたのご先祖と関わりが深かった蝦《え》夷《みし》の民です」

「白石くんの先祖も……」

「そう。葛城稚犬養連網田《かづらきわかいぬかいのむらじあみだ》らは隼人《はやと》族に関係が深かったのです」

「一度聞いてみたかった。あなたの本当の目的は何です?」

「環境犯罪を減らすことです」

「よしてください。この研究所に蘇我入鹿を暗殺したふたりの人物の子孫がいる。そしてあなたは、そのふたりにヤクザ退治をさせている」

　内村はかすかに笑った。

奇妙な表情だった。無邪気にも見えれば、狡猾《こうかつ》にも見える。

もと刑事の佐伯もたじろぐ思いがした。

内村は言った。

「確かに私はヤクザと戦おうとしています。だが、それは、彼らが違法者だからではありません」

「私怨ですか?」

「違いますね」

「ではなぜです?」

「民族問題、とだけ言っておきます」

「どういうことです?」

「今はこれ以上は説明できないのです」

内村はぴたりと口を閉ざした。

佐伯にはまったくわけがわからなかった。だが、これ以上内村にしゃべらせるのは無理だということはわかっていた。

佐伯は所長室を出た。

奥野は佐伯とビールのグラスを合わせた。

「よくやったな……」

佐伯が言う。「お手柄だ」

「いや……。内村さんや平井弁護士のおかげですよ。それに……」

「何だ？」

「坂東連合宗本家の毛利谷一家は無傷です」

「泊屋組をつぶせたんだ。上出来だ。内村所長もそう言っていた」

「あの人は不思議な人ですね」

「内村所長か？　そうだな……」

「日本を変えるために、暴力団をなくさなければならない――平井弁護士にそう言ったそうですよ」

佐伯は奥野のほうを見ずに考え込んだ。奥野はコップに半分ほど残ったビールをうまそうに一気に飲み干した。

佐伯がぽつりと言った。

「案外それが本音なのかもしれんな……」

「え……？」

「日本を変えるって話さ」

「そんな……。いくらあの人が切れるからって、ひとりじゃ何もできませんよ」

「ひとりじゃないさ。まず、白石くんを引き込み、俺を引き込んだ。そして、今度の事件でおまえと平井とかいう弁護士を引き込んだ……」

「俺は仲間になった気はありませんからね」

佐伯はおかしそうに笑う。

奥野が訊いた。

「なぜあんな人が暴力団問題に手を染めようとするんでしょう」

「暴力団てのはな、あの人にとっては民族問題なんだそうだ」

「何です？　差別問題ですか？」

「いや、違うな……。おそらくは日本民族の成り立ちに関わる問題のような気がする」

「わからないな。どういうことです」

「知らんよ。それ以上のことは教えてくれないんだ。だが、いつかは聞き出さなきゃならんと思ってる」

佐伯が横浜の白石邸に帰ると、十二時を過ぎているにもかかわらず、やはり執事が起きていた。

「先に寝ていいと言っただろう」

「いいえ。これが役目でございますから」

「じゃあ、一杯つきあってくれ」

「およしなさいませ」

「この屋敷じゃ酒を飲んじゃいけないのか？　電車に乗ってるうちに醒めちまったんだよ」

「いいえ、お酒を召し上がるのはけっこうです。こんなじいさんを相手に酒を飲むのはおやめなさいと申しているのです」

「老人の話はためになると思うんだがな……」

「老賢者のふりをするのは疲れるものです。リビングでお待ちください。お嬢さまを呼んでまいります」

「寝てるんじゃないのか？」

「いいえ。起きておいでです」

執事は二階に向かった。佐伯は彼がたいへん気に入っていた。

リビングルームのソファにもたれて待っていると、景子がパジャマの上にナイトガウンを着て現われた。

「おかえりなさい」

佐伯は、彼女の声がもたらす安らぎについて考えていた。

「悪いな、寝てたんじゃないのか？」

「ちょうど寝酒をやりたいと思っていたところなの」

執事が銀の盆にウイスキーの入ったデカンターとアイスバケット、グラスふたつに、ミネラルウォーターのびんを乗せてやってきた。

テーブルの上にそれをセットすると言った。

「ごゆっくり……」

佐伯はグラスに氷を入れ、デカンターのガラスの蓋《ふた》を取ってウイスキーをたっぷり注いだ。

景子は水割りを作った。

「そういうことはいつも自分でやるの？」

「そういうこと？」

「お酒を作ったり……」

「ああ……。ひとり暮らしが長いんでな。習慣になっちまっているらしい」

「男の人にそういうことをしてあげるのが好きな女性もいるのよ。忘れないでね」

「まさか君のことじゃないだろう」

「女を見る眼がないのね……。乾杯」

佐伯は言われるままにグラスを合わせた。

「お嬢さまという生き物は、もっと高慢ちきかと思っていた」

「そういうのはにせものなの」

「マレーシアではおそろしい思いをさせたな」

「あら、平気よ」

「たのもしいな」

「せっかくの夜よ。何か楽しい話をしましょう」

「そうだな……。どんな話がいい？」

「どんな話でも……」

「どんな話でも？」

「ええ」

「何を話そうかな……」

解説

関口苑生《せきぐちえんせい》(文芸評論家)

本書『排除　潜入捜査』(初刊は一九九二年『聖王獣拳伝2』として刊行)は、前作『潜入捜査』に続くシリーズ第二弾である。

とりあえず、まずはざっとこれまでの背景を紹介しておくと——警視庁刑事部捜査四課の部長刑事で、ヤクザ狩りに異常な執念を燃やしていた佐伯涼に突然下った辞令。それは総理府・環境庁の外郭団体だという『環境犯罪研究所』への出向だった。しかしそこは、職員が所長の内村尚之、アシスタントの白石景子、それに佐伯を加えたわずか三名のメンバーしかいない新規の組織であった。しかも佐伯は異動の際、警察手帳を取り上げられ、銃、手錠の携帯も認められず、逮捕権もなくなっていた。いわば警察官の身分は完全に失われていたのである。そんな場所で一体何をさせようというのか、当初は戸惑っていた佐伯だったが、やがて従来の警察機構ではできない環境犯罪の取り締まりと、背後にひそむ暴力団の撲滅を目指した機関であることが明らかになってくる。さらに内村は、佐伯が飛鳥時代より伝わる体術

「佐伯流活法」の遣い手であり、歴史に名高い蘇我入鹿を暗殺した一族の末裔だという出自の秘密も知悉《ちしつ》していた。つまり、すべてを承知の上で彼を組織のメンバーにリクルートしたのであった。

環境犯罪とは、内村所長によれば「環境汚染あるいは環境破壊といった事柄に関連した犯罪行為のことです」と説明されている。具体的にはオゾン層の破壊や水質汚濁の原因となる有害物質および産業廃棄物の不法投棄、違法伐採による自然破壊、保護されている野生動植物の不法取引などを指す。『環境犯罪研究所』は、そうした中でも特に悪質な環境破壊者を独断で処分していい権限を与えられた機関だというのである。

今でこそ環境犯罪という言葉は当たり前のように使われているが、本シリーズ第一作が書かれた一九九一年当時は、まださほど一般的なものではなかったように思う。現実に警察庁が「環境犯罪対策推進計画」を策定するのは一九九九年四月のことだ。これによって環境犯罪全般とともに日本において深刻な問題となってきた、産業廃棄物不法投棄事犯等に対する取り締まりを行なうことに重点を置き始めたのだった。これらの事犯の背後には組織的、計画的な暴力団の関与が想定されたからである。それとともに罰則規定も大幅に強化されていった。だが、この物語が書かれた頃は不法投棄の罰金刑は二十万円前後。懲役でも六カ月程度という実に軽いものであったのだ（現在は五年以下の懲役又は一千万円以下の罰金、法人による不法投棄は一億円以下の罰金が科せられる）。それなら違反して、罰金を払ってでも廃棄したほうが儲かるのだった。そこに目をつけたのが暴力団である。内村は「悪質な環境破壊の陰に暴力団がいるというひとつのパターンが見えてきたとき、私は、警察とは一味違った、強力な味方が必要だと考えたのです」という信念のもとに、『環境犯罪研究所』の設立を実現させたのであった。

いうならば本シリーズは、現実社会よりもずっと以前から今日ある事態を予見していたのである。

とはいえ、こうした犯罪の兆候は過去にいくらでも散見できる。各種の公害事件もそうであったろうし、もっと直接的な人的関与による犯罪でいうと、たとえば一九八八年ブラジル熱帯林の大規模伐採に反対していた環境保全活動の代表者だったシコ・メンデスが、伐採企業（環境マフィア）によって殺害された事件はその典型だろう。そしてまた、この種の暴力団絡みの事件は今なお世界中で頻発しているのだった。

二〇一一年二月十一日付の朝日新聞朝刊には、フィリピンで森林保護に携わる係官が、違法伐採グループなどに殺害される事件が相次いでいるとの記事が掲載されている。前年十二月、違法伐採についての情報があるとの電話を受けた森林保護官が、指定の場所に向かうと、三台のバイクに分乗した四人の男に後ろから撃たれ、頭と背中に四発の銃弾を受けて死亡したというのだ。偽情報でおびき出され、待ち伏せされたものらしかった。こうした森林保護に携わる係官や警察官の犠牲は複数におよび、脅しのメールはほぼすべての係官に届いているのだとも。同国環境天然資源省によると、悪質業者は地元政治家と通じており、また武装グループを雇って軍や警察と銃撃戦を展開。一九九〇年以降、保護活動に絡んで命を奪われた職員は、フィリピン全土で五十人以上にのぼるという。

事実は小説よりも云々《うんぬん》……などと言われるが、現実に小説もどきの、いやそれ以上の悲惨な事件が起こっているのだった。本書はそうした事件に日本のヤクザが関与し、暴力の当事者、加害者になっているという衝撃的な内容が描かれる。

本書の文中にも出てくるが、日本の企業が海外に進出して、森林伐採、ゴルフ場開発、鉱物資源の採掘などで環境問題を引き起こす事例は、ある時期から確実に増えていた。そうなる理由はさまざまあったろうが、時にはあまりに性急に事を運びすぎ、訴訟沙汰になる場合もあったらしい。また一方で一九九二年三月に施行された、いわゆる「暴対法」によって暴力団にも若干の変化が訪れる。ひとつはフロント企業化や政治結社に衣替えすることによる地下潜行、もうひとつは海外への進出、つまりはマフィア化である。

今回、佐伯が対決するのは——幾分かはデフォルメされている嫌いもあるけれど、まさにそんな具合に強引な経済進出を図る企業と癒着したヤクザであった。発端はマレーシアの鉱山採掘場での廃棄物をめぐって、地元の住人が損害賠償と操業停止を求める訴訟を起こしたのが始まりだった。しかし現地法人の会社は日本の商社が出資しており、その商社は広域暴力団の息がかかった企業だったのである。彼らは現地で何か問題が起こると、傘下の組織を日本から呼び寄せ、ヤクザ特有の手段を選ばぬやり口で事の解決にあたるのだった。かくして送り込まれたのが、前作にも登場した佐伯の宿敵ともいえる坂東連合泊屋組の若衆頭・新市章吾である。

いや、だがしかし……冒頭から繰り広げられる暴力場面の凄まじさはどうだ。日本のヤクザがマレーシアで採掘反対の現地住民を、それも母親に抱かれた幼い子供を、何のためらいもなくいきなり突き刺してしまうのだ。あるいは環境保護団体の活動家を殴り倒し、その上をさらに車で轢いていくといった場面が続くのだ。活劇アクションを得意とする今野敏ではあるが、それにしてもこういった凄惨な暴力描写はちょっと珍しい。が、逆に言えばそうした部分こそがこのシリーズの特徴でもある。

といっても、一九八〇年代の終盤から九〇年代の初めにかけて登場した、過激な暴力と犯罪者たちの感情がリアルに描写された尖鋭的な犯罪小説――いわゆるノワールともまた別種のものだ。今野敏が目指したのはむしろ正統的なヒーロー小説で、そのための方法論として敵役《かたき》の極悪非道なヤクザと、彼らの理不尽な暴力を強調していると捉えるべきだろう。それはまず佐伯の生い立ち描写からも容易に窺《うかが》える。彼の父親は暴力団にいいように利用されたのち死んだ。病気だった母親も、父親のあとを追うように亡くなった。暴力団がある限り、自分のような不幸を背負わされる人間が後を絶たないのではないか。そう考えた佐伯は警視庁の警官となり、猛烈なヤクザ狩りを始めたのである。だが、彼が『環境犯罪研究所』へと出向させられた途端、暴力団の報復が始まる。自分を育ててくれた伯父夫婦と息子夫婦、そして幼い孫までが犠牲となったのだ。暴力団は、何の関係もない彼らを爆薬で吹き飛ばし、細切れの肉片に変えてしまったのだった。

こういう表現が妥当かどうかちょっと心許ないのだが、作者は主人公の退路をひとつずつ断ち切っていくのである。そうすることで主人公を極限状況に追い込み、あとはもうひたすら前へ前へと突っ走るしかない環境を作り上げるのだ。しかしそうした手法は、一歩間違えば単なる狂気と暴力が横溢《おういつ》するだけの平板な小説になってしまいかねない危険性を孕《はら》んでいる。

ところがこのシリーズでは、そうした状況を作り上げながらも、またヤクザがふるう陰惨な暴力の光景をこれでもかとばかり描きながらも、主人公が暗黒の魂に囚《とら》われない強さと克己心を抱き続けることのほうに焦点を置くのだった。まさしくこれこそが今野敏小説の原点をなす爽《さわ》やかさであり、素晴らしさなのだと思う。加えて、主人公を取り巻く仲間と理解者の存在も忘れてはならない。

振り返ってみると、一九九〇年代初頭、今野敏はまだ自分の小説の行き先に不安を抱いていた時代であった。あれを試し、これを問うて……と模索を繰り返していた時期であったように思う。そんな中にあって、この《潜入捜査》のシリーズは、大胆かつ覚悟の作品として位置付けられる貴重なものであるとわたしは思うのだが、どうだろう。

（二〇一一年六月）

〈追記――実業之日本社文庫新装版刊行にあたり〉

およそ十年ぶりに読み返した。いや、驚きました。もちろんストーリーは覚えていたのだが、それにしてもこんなに激しくて熱い物語だったとは、と今さらながらビックリしたのだ。近年の今野作品しか知らない読者だったらなおさらだろう。ここには、ちょっと信じられないほど過激で凄惨な暴力場面が頻出するからだ。

この《潜入捜査》シリーズは、一九九一年から九五年にかけて刊行された作品だが、当時は夢枕獏や菊地秀行などの伝奇アクションが全盛の時代で、活劇場面なども過激なものほど好まれていたように思う。そこでおそらくは版元からの要請も多少はあったのかもしれない。またこうした暴力と犯罪者たちの感情がリアルに描かれた、ノワールと呼ばれる尖鋭的な犯罪小説も台頭していた時代だった。とはいえ今野敏はそうした作品群とは確実に一線を画していたのだが……とそのあたりのことは前の解説にも触れているのでここでは繰り返さない。

ただひとつ言えることとは、ノワールと称される犯罪小説や暴力を前面に押し出した活劇作品では、タフでクールなヒーローに負けず劣らずの興味深い悪党がしばしば登場する。自らの欲望のおもむくままに行動し、面倒事が大好きで、性格はひねくれねじまがり、ろくなことしか考えつかず、いじましく、厚かましくて、悪知恵が働き、卑劣で、単純で、人を殺すことなど何とも思わない、徹底的にサディスティックになれる野郎どもだ。よくもまあ、こんなどうしようもない屈折しきったやつらを登場させるものだなと思わないでもないのだが、その反面こうした連中が心の内で抱えている悪の滋味のようなものが滲み出す描き方もしていたのだった。悪人には悪人たる魅力がある、とするのである。まあ、これはこれで文学作品のひとつのありようだということは理解できる。

しかし、今野敏は過激な暴力を振るう人物を登場させたとしても、一切そういう――言葉が合っているかどうかわからないが、ヒューマニスティックな描き方はしない作家であった。それもことに暴力団、ヤクザに関しては容赦もなく、こんな社会のクズたる連中の一体どこに魅力があるというのだという姿勢を貫いていた。本シリーズにしても、下衆の極みとしか言いようのない最低最悪な悪党どもが、無辜《むこ》の住民たちに対して、口にするのもはばかるような暴力行為を、まるで楽しんでいるかのように繰り返し行う姿が描かれる。そして主人公は、こいつらだけは許せないと怒りの鉄拳を振りかざすのだ。

これは今野敏の基本的な姿勢であった。が、その一方でいくつかの作品では暴力と権力の関係性にもおりにふれ言及している。権力というのは少数者によって支配される社会秩序を押しつけることを目的とするもので、警察を筆頭とする政権側の組織はその権力を守るための暴力装置であるというのもそのひとつだ。他方、暴力はこの秩序の破壊を目指すものであり、それを行使する者は行政や国家から見ればすべて犯罪者なのであった。

いかにも杓子定規な捉え方のようにも思えるが、この基本姿勢がしっかりしているからこそ今野敏の物語がある。といっても、単純にそれを具現化した勧善懲悪の物語では面白みはない。《潜入捜査》シリーズは、そこからさらに一歩踏み込んだ形で悪と正義の対立を描いてみせるのだった。

主人公の佐伯涼は、悪（暴力組織）に対して限りない憎しみの感情を抱き、これを撲滅するために鉄のごとき意思を持って行動する人物だ。肉体的にも精神的にも完璧なコントロールが出来るよう日々の鍛練も怠らない。さらには、ペシミズムや神といったものに頼ることなく、自分や他人の死を直視できる精神力の持ち主でもある。しかも彼は、かつては警察という権力側の暴力装置に属する一員であったが、今は後ろ楯となるものが皆無に近いワンマン・アーミー、たったひとりの軍隊となっている。その彼が危険な潜入任務に赴き、死と隣り合わせの状態になりながらも、何とか帰還するというのは冒険・活劇小説の本道でもあった。佐伯はそうした典型的、かつ代表的なヒーローと言ってもいい人物なのであった。もちろん、この佐伯が活躍するストーリーだけでも一級品であるのは間違いない。だが、今野敏はそこにもうひとつ、いやもうひとり魅力的な人物を登場させることでこのシリーズをグレードアップさせたのだった。

言うまでもない、内村尚之所長である。この人は、物語上では完全に脇役扱いとなっているのだが、注意深く読んでいくと実は相当に重要な役割を担っていることが後々わかってくる。

あまり多くは書かれてはいないが、佐伯は内村のことを変人だと思っている。一般社会から見たらあきらかに変人なのである。そういう意味で内村は社会性がなさそうに見えるが、いつか社会（佐伯）のほうが次第に彼の正しさに気づいていく。そもそも彼の言動や行動はまともすぎるほどまともで、おかしなところは何ひとつないのであった。とまあ、こう書いていくと内村は誰かに似ていると思わないだろうか。官僚であり、正論を貫き通し、自分の意思を曲げずに、正義と大義を護持しようとする。そう、まるで《隠蔽捜査》の竜崎そのものではないか。

小説的な見地から言うと、内村の役割は自分の周囲の人間を右往左往させることで物語を作り上げ、拡散させていくことにある。今野敏は後の竜崎と戸高の関係の原型をここで生み出していたのだ、とわたしは思っている。

ああ、それから白石景子についても書きたいことがあったのだが、それはまた次回にということで。

（二〇二一年三月）

本作品はフィクションであり、実在する人物、団体等とは一切関係ありません。

本書は一九九二年四月に天山出版より刊行された『聖王獣拳伝2』を、『排除　潜入捜査』と改題し二〇〇八年十月に有楽出版社より新書版（ジョイ・ノベルス）として、また二〇一一年八月に実業之日本社文庫として刊行された作品の新装版です。

本作品の時代背景、社会情勢は一九九二年当時のままといたしました。

実業之日本社文庫　好評既刊

今野敏
処断　潜入捜査
シリーズ第3弾、元マル暴刑事・佐伯が己の鉄拳を頼りに、密漁・密輸を企てる経済ヤクザの野望を暴く、痛快アクションサスペンス！（解説・関口苑生）
こ23

今野敏
罪責　潜入捜査
シリーズ第4弾、ヤクザに蹂躙される罪なき家族を、元マル暴刑事の怒りの鉄拳で救えるか!?　公務員VSヤクザの死闘を追え！（解説・関口苑生）
こ24

今野敏
臨界　潜入捜査
シリーズ第5弾、国策の名のもと、とある原子力発電所で発生した労働災害の闇を隠蔽するヤクザたちを、白日の下に晒せ！（解説・関口苑生）
こ25

今野敏
終極　潜入捜査
不法投棄を繰り返す産廃業者は企業舎弟で、テロネットワークの中心だった。潜入した元マル暴刑事・佐伯涼危し！　緊迫のシリーズ最終弾。（対談・関口苑生）
こ26

今野敏
デビュー
昼はアイドル、夜は天才少女の美和子は、情報通の作曲家や凄腕スタントマンら仲間と芸能界のワルを叩きのめす。痛快アクション。（解説・関口苑生）
こ27

今野敏
殺人ライセンス
殺人請け負いオンラインゲーム「殺人ライセンス」の通りに事件が発生!?　翻弄される捜査本部をよそに、高校生たちが事件解決に乗り出した。（解説・関口苑生）
こ28

実業之日本社文庫　好評既刊

知念実希人　崩れる脳を抱きしめて

研修医のもとに、彼女の死の知らせが届く……。愛した彼女は本当に死んだのか？　驚愕し、感動する、恋愛ミステリー。著者初の本屋大賞ノミネート作品！

ち16

貫井徳郎　微笑む人

エリート銀行員が妻子を殺害。事件の真実を小説家が追うが……。理解できない犯罪の怖さを描く、ミステリーの常識を超えた衝撃作。（解説・末國善己）

ぬ11

東野圭吾　白銀ジャック

ゲレンデの下に爆弾が埋まっている――圧倒的な疾走感で読者を翻弄する、痛快サスペンス！　発売直後に100万部突破の、いきなり文庫化作品。

ひ11

東野圭吾　疾風ロンド

生物兵器を雪山に埋めた犯人からの手がかりは、スキー場らしき場所で撮られたテディベアの写真のみ。ラスト1頁まで気が抜けない娯楽快作、文庫書き下ろし！

ひ12

東野圭吾　雪煙チェイス

殺人の容疑をかけられた青年が、アリバイを証明できる唯一の人物――謎の美人スノーボーダーを追う。どんでん返し連続の痛快ノンストップ・ミステリー！

ひ13

実業之日本社文庫　こ2 15

排除《はいじょ》　潜入捜査《せんにゅうそうさ》〈新装版《しんそうばん》〉

2021年4月15日　初版第1刷発行

著　者　今野《こんの》 敏《びん》

発行者　岩野裕一
発行所　株式会社実業之日本社
〒107-0062　東京都港区南青山 5-4-30
CoSTUME NATIONAL Aoyama Complex 2F
電話 [編集]03(6809)0473 [販売]03(6809)0495
ホームページ https://www.j-n.co.jp/
DTP　ラッシュ
印刷所　大日本印刷株式会社
製本所　大日本印刷株式会社

フォーマットデザイン　鈴木正道(Suzuki Design)

ISBN978-4-408-55656-7（第二文芸）